天青色等烟雨

方文山

作品 全新

湖南文艺出版社
HUNAN LITERATURE AND ART PUBLISHING HOUSE

博集天卷
CS-BOOKY

诗词中的世界
文字里的风雪

自序／方文山

创作就是跟这个世界沟通的一种方式，你有话想说，有态度要表达，有想法渴望被注意……而创作的形式，不论是摄影、文字、绘画、雕塑、影像或是音乐，都是一种与这个世界沟通与交流的载体。你的一切想法借由作品的发表，得到情感上的抒发以及创意的实践，此刻，你的作品已有了自己的生命，因为你可从诗词中拓展出一个世界，也在文字里经历了一段风雪。就我从事文字创作而言，能以文字细腻地阐述出对情感的看法，对事物的理解，对人生的感叹，是一种生活中的幸福，一种职场上的成就感。

这本书名为《天青色等烟雨》，顾名思义，这是一本跟我的歌词作品有关的书籍。是的，此书所探讨之主题与内容，即源于歌词作品。这本书所表达的内容相当多元，有创作背后的心情故事，有歌词文字上的技巧说明，更有些是因词意内容而衍生的诗词赏析与历史文化之探讨。当然还有专业音乐知识的分享，全都截录于《方文山的音乐诗词课》，以及番外篇所收录的素颜韵脚诗，是我自己相当偏爱的新诗作品。也因此本书内容相当多元，可谓之不掺水分的干货。这本书可谓我个人创作生涯里，较为全面与完整的一部作品，绝对端得出去，拿得出手。

再来跟读者们分享的是，这本《天青色等烟雨》之所以页页干货、篇篇硬功夫，是因为文字雏形来自一个音频节目，也就是蜻蜓 FM 的《方文山的音乐诗词课》。因为不是一般媒体记者的访问，而是电台广播形式的个人专栏节目，也因此所有的讲稿内容，我必须负上百分百的责任。因为是我自行撰写文稿，再进行录音存盘后播出，所以当时每一集的内容，我都会针对所要讨论的歌词收集除了原有的歌词故事与音乐结构外的多方面数据，从词意里延伸出其他的议题，增强所谓的文字含金量。因此，累积了将近 10 万字，都是我以撰写专栏文章的形式与结构下笔的，不是语意松散的采访稿，也不是自由随兴的录音稿。这些经过打磨的文字作为实体书籍出版，绝不会有章节上的结构问题，内容也经得起检验。

我常说，音乐是情感的催化剂，也因此，音乐是通俗领域中，最容易形成社会共同记忆的一种流行文化。这本书里的歌词作品，全都是我与周同学合作的所谓中国风的词曲创作。而我也相信周同学的歌，伴随着一代人的成长，是他们青春期的情感慰藉与寄托，也是多年后同侪间的共同记忆。也因此，对书里的这些歌所累积起来的情感认同与心理归属感，将会使你在阅读这本书时，有很不一样的感受及体验。原来，这些中国风的歌词创作，可探讨及论述的主题空间跟文化层面，可以这么深、这么广、这么多元。而这也就是我起心动念整理这本实体书的初衷——让更多读者或者歌迷了解歌词创作领域之外，那个不太一样的方文山。而这样的散文风格，也希望你们会喜欢。

最后，这本书最终得以顺利出版，我要在此感谢两个人，两年前是联合文学的李文吉总经理将我引荐给蜻蜓 FM 的总监郭维娜老师，而郭老师对于我自行撰稿录制音频节目《方文山的音乐诗词课》给予了文字内容与主题方向上最大的执行空间与自由，再次感谢！

目录

一盏离愁孤单伫立在窗口

我在门后假装你人还没走

旧地如重游月圆更寂寞

夜半清醒的烛火不忍苛责我

一壶漂泊浪迹天涯难入喉

你走之后酒暖回忆思念瘦

水向东流时间怎么偷

花开就一次成熟我却错过

谁在用琵琶弹奏一曲东风破

岁月在墙上剥落看见小时候

犹记得那年我们都还很年幼

而如今琴声幽幽我的等候你没听过

谁在用琵琶弹奏一曲东风破

枫叶将故事染色结局我看透

篱笆外的古道我牵着你走过

荒烟蔓草的年头就连分手都很沉默

一壶漂泊浪迹天涯难入喉

你走之后酒暖回忆思念瘦

水向东流时间怎么偷

花开就一次成熟我却错过

谁在用琵琶弹奏一曲东风破

岁月在墙上剥落看见小时候

犹记得那年我们都还很年幼

而如今琴声幽幽我的等候你没听过

东风破

收录于《叶惠美》

作于 2003 年

曲／周杰伦

：

谁在用琵琶弹奏一曲东风破

枫叶将故事染色结局我看透

篱笆外的古道我牵着你走过

荒烟蔓草的年头就连分手都

谁在用琵琶弹奏一曲东风破

岁月在墙上剥落看见小时候

犹记得那年我们都还很年幼

而如今琴声幽幽我的等候你没听过

谁在用琵琶弹奏一曲东风破

枫叶将故事染色结局我看透

篱笆外的古道我牵着你走过

荒烟蔓草的年头就连分手都很沉默

　　流行音乐是情感的催化剂，流传度够广的歌曲，总是会形成某个时代的共同记忆，那些被旋律唤出来的情愫总能触及我们心灵深处。2003 年周同学（周杰伦）发表《叶惠美》专辑至今，已经过去了十六年之久。回首前尘，往事历历在目，对创作《东风破》的我们而言，那是一段很美好的回忆，相信这首歌对某个时空的你也是一样。十六年前，或许你还处于青春期，如今早已经大学毕业，进入职场工作了好多年，人生的阅历已经不一样，经历过很多事，想必也累积了很多属于你自己的故事，但再次听到这首歌，或许还会勾起当初听歌时的情怀。因为音乐是一种时代共同记忆，你与歌一起成长，它曾陪伴过你的青春。

　　这首歌是我与周同学合作的中国风创作中，第一首在词、曲、编曲三方面都很符合中国风概念的歌。这首歌当年还在内地与香港、台湾分别获得了很多不同性质的音乐奖项，这项纪录至今尚未被打破。这首歌的传唱度也非常高，我记得当初发表《东风破》的时候，辗转听到来自北京的朋友的消息，才知道这首歌的受众年龄层非常广，从青少年到中老年都有，可见流行音乐的覆盖范围超乎想象。当然，周同学创作的旋律耐听是最主要的因素，也是让这首歌可以跨越三代广泛传唱的原因之一。

　　在开始聊《东风破》之前，我想先厘清一个概念——何谓"中国风歌曲"？如果我们单纯缩小范围，仅仅讨论歌词文字的话，一言以蔽之，就是"词意内容仿古典诗词的歌词创作"。但一般对"中国风歌曲"的认知还包括旋律，也就是作曲的部分。因此，若将"中国风歌曲"做一个广义的解释，则是曲风上为中国民谣小调或者是传统五声音阶的创作，或编曲上加入中国传统的乐器，像琵琶、月琴、二胡、古筝、笛子或者是洞箫，以及歌词中使用古诗词的语句，像"拱桥、月下、伊人、烛火、蹙眉或红颜"等。其实，只要在填词、谱曲以及编曲中加入以上这些元素，不论加入元素的多寡或者是比重为何，均可视为广义定义下所谓的"中国风歌曲"。

　　严格来说，流行乐坛的"中国风歌曲"，并不是一种严谨的音乐曲风，它不具备可被准确归类的标准格式。不同于那些我们所熟知的音乐类型，像节奏蓝调、灵魂乐、民谣风、乡村音乐、爵士、嘻哈、摇滚、新世纪音乐甚至福音歌等，它无法以旋律的曲式、拍子的速度、和弦的变化、音域的宽广，以及特定音符的使用，甚至固定的作曲模式等，作为判别曲风的依据。换句话说，就是无法以音乐创作的曲式来分类。

通常这些音乐曲式，只要前面几小节的旋律与节奏一放出来，大多数人都可以大致地判断出这首歌是 R&B（节奏蓝调），还是 Rock&Roll（摇滚），或是 hip-hop（嘻哈音乐），但中国风的曲式特征并不纯粹与明显。所有可被归类的"曲风"，顾名思义就是指一种"作曲的类型与风格"，从来没有一种音乐的曲风是以歌词含义与编曲所使用的乐器来分类的。"中国风歌曲"虽然无法单一定义为一种特定的曲风（因为它可以用节奏蓝调的曲风来演唱，也可以用摇滚的方式来呈现），但只要词、曲、编曲等符合我刚刚所说的"广义解释"，即可称之为"中国风歌曲"。其实一般听众的认知也是如此，譬如我与周同学所创作的歌曲《娘子》，它的曲风其实是节奏偏快的 R&B，旋律上一点也不"中国风"，但因歌词仿效了古诗词，如"景色入秋、漫天黄沙掠过、塞北的客栈人多、牧草有没有、我马儿有些瘦"，类似的还有 hip-hop 节奏的《本草纲目》，以及摇滚曲风的《千年之恋》。这些歌都不是五声音阶，但都是广义定义下的中国风创作。近十年来流行音乐多元化与分众化的市场崛起，带动了一拨优秀的词曲作者相继投入中国风的创作，它已然成为华语流行乐坛上一种可被识别与归类的"音乐风格"。

这首 G 调的《东风破》，编曲是由林迈可老师负责的。歌曲的前奏，迈可老师先以干净的钢琴不疾不徐地带入音乐情绪，旋律平缓抒情，让人不禁闭上眼，旋即进入一个"把酒话桑麻""采菊东篱下"的情境。在第二遍主歌时，R&B 风格的电鼓进来，并贯穿整首歌，所以这首五声音阶的《东风破》其实混着 R&B 的"血统"，使这首歌拥有中国风曲调的同时，兼具时尚的节奏感。甚至可以说《东风破》有着中国古典音乐的骨架和西方流行音乐的血肉。

接着在主歌要进入副歌前，有一段古筝的音色，一个带古风意味的过场后再转副歌，然后副歌适时加入了吉他等乐器，丰富了旋律的情感线。接着不着痕迹地、缓缓地，以渲染的方式勾起人们的愁绪："谁在用琵琶弹奏，一曲东风破，枫叶将故事染色，结局我看透，篱笆外的古道我牵着你走过，荒烟蔓草的年头，就连分手都很沉默。"

第一段副歌唱完后，间奏又拉了一段幽远的二胡，顿时一股离愁被宣泄而出，浓郁得化不开。然后在最后一段副歌，加入歌词文字里反复提到与强调的乐器——琵琶。接着升高了key（调），带出故事的高潮。最后再用一段二胡作为结尾，更增添几分婉转悠扬，将离愁一路延伸，令人回味再三，顷刻间让人恍然产生一种错觉，仿佛有段可以追忆的伤心过往竟是一件幸福的事。

《东风破》是用五声音阶创作的，五声音阶也就是"宫商角徵羽"，是中国五声音阶中五个不同音的名称。它与其他音阶曲式最大的区别就是它没有 fa 跟 si，只有 do，re，mi，sol，la。但很有意思的是，这首《东风破》虽然百分之九十五以上都是用五声音阶去创作，但其实里面有好几个单音却有 fa 跟 si。这里特别的单音其实可以定义为装饰音，而且用得恰到好处。这当然是属于周同学创作上的一种自由搭配，如果你不仔细听，可能也不会发现。譬如"旧地如重游，月圆更寂寞"，这里的"圆"跟"寞"就用了 fa，扩充了音乐情绪的一种转换。在"谁在用琵琶弹奏，一曲东风破"，里面的"琶"跟"弹"则用了 si。因为周同学有钢琴和大提琴的古典音乐基础，在传统东方音阶中加入西方的音阶，让整首歌的情绪更加丰满，曲风兼具古典与创新，并不拘泥于古典之中，独具个人风格。可以说，周同学创作的音域非常非常宽，而且曲式技巧也有他特殊的地方。

周同学在这首歌的演唱方面没有炫技，并没有刻意使用复杂的唱腔技巧，也没有强烈的情感波动，他只是真切、深情地向你娓娓道来一段经岁月洗礼后，斑驳沧桑却又感人肺腑的故事。在此顺带一提的是，副歌里面的一个和声，是周同学自己来和的。他把人的 vocal（嗓音）当作一种乐器，叠了好几轨的和音在里面，让最具渲染力的副歌情绪更到位，更厚实，更令人无限眷恋。

周同学从小学习钢琴，从四五岁开始接受钢琴的专业训练，我记得周妈妈说过，杰伦小学的时候听到连续剧的主题曲，只要多听几遍旋律，他就可以抓出其中的和弦，然后跟着弹出来，不得不说他是一个有天生音感的创作者。当然，周妈妈当年严格的训练也是功不可没，为周同学奠定了音乐上的扎实基础，在别的小朋友都自由自在出去玩耍的时候，幼儿园大班年纪的小小周却要练习一定时间的钢琴才能出去玩。有时候，我在想他当时极其幼小的心灵，一定充满了不解或者是挫折，可能满心羡慕其他的小朋友。但当时小小的周同学，也一定不会知道，当初幼儿园大班时的不自由，换来的是他现今"内功深厚"的多变创作，甚至建立起一整个音乐王国。

当时还有很多媒体记者把周同学唱歌时的咬字不清当作一个问题来问我，那时候我的回答是："也许正因为周同学咬字或许有些不清楚的地方，才让更多人去关注歌曲到底在唱什么，而特别注意到文字，我只能说周同学还真是用心良苦。"当然这是个玩笑话，对我而言，杰伦的声音非常有辨识度，而且我从不认为他咬字模糊。反而因他不刻意耍技巧的唱腔与不过多修饰的噪音，真情实意地诠释了也成就了这首非常经典的《东风破》。

　　还有媒体记者采访我的时候，问了一个大家应该都有点好奇的问题：到底先有词还是先有曲？在流行音乐圈，如果词曲作者不是同一个人，一般都是先有曲，后有词。所以作词也叫"填词"——就是把文字填进旋律的格式里。我跟周同学的词曲搭配，绝大多数的时候也都是先有曲，然后才有歌词。只有极少数的创作，是先有词，后有曲。下一章要介绍的《发如雪》就是这极少数的一个特例。

　　首先跟大家分享歌词创作里的修辞学运用，诸如形容词转动词的一个词性转换，也就是"转化"，有时也可称为"比拟"，就是把抽象的东西转化为具象，像词中的"一盏离愁孤单伫立在窗口……夜半清醒的烛火，不忍苛责我"还有"一壶漂泊，浪迹天涯难入喉，你走之后，酒暖回忆思念瘦"。这里的"离愁""孤单""漂泊""浪迹天涯"跟"思念"这些抽象的形容词都不是具体的意象，但在我转变词性后，变为一个具象的几乎可以触摸得到的实物，这加重了它们所代表的意象的重量感。

　　就像"烛火"它怎么"清醒"？它又要怎么"苛责"？这当然是拟人化的一种手法——将烛火当作人来描写，赋予它人情的意味。好像看到词中的主角被情而困，连烛火都不忍打扰或是苛责，然后借此带出萦绕在他周围的孤单氛围。再如"酒暖回忆思念瘦"里面的"暖"，它本来是形容词，但在这里变成了动词，因为它"暖"了回忆。

另外我在创作中也会使用对仗的形式，如"一盏离愁"对应"一壶漂泊"，这使得歌词无论是念读还是吟唱上都更朗朗上口。在歌词技巧上，我赋予了《东风破》极具中国风味道的场景，把中国风的词风和歌词意境，放在现代人触碰不到的时代。千年前的某一个朝代，并不是现在的时空，也不是现在的世界，正因为那不是我们眼睛所能看到的当代社会，所以作词人可以细腻地营造文字的意境美，浪漫地构筑故事里的画面，让人在聆听时能有想象的空间与阅读的张力，而这就是中国风歌词的魅力。

《东风破》歌名的灵感来自苏轼跟李商隐，苏轼写过一首词叫《蝶恋花·送春》：

雨后春容清更丽。
只有离人，幽恨终难洗。
北固山前三面水。
碧琼梳拥青螺髻。

一纸乡书来万里。

问我何年，真个成归计。

白首送春拚一醉。

东风吹破千行泪。

最后这句"东风吹破千行泪"确实给了我歌名的灵感。另外我取《东风破》这个歌名的时候，还受到李商隐这首诗的影响：

相见时难别亦难，

东风无力百花残。

春蚕到死丝方尽，

蜡炬成灰泪始干。

"东风无力百花残"这句话太凄美了，多么无力跟饮恨啊，这伤感的东风。至于这个东风破的"破"字怎么来的，除了苏轼那句"东风吹破千行泪"加深了我对"破"字的印象，还因为我一开始就想用词牌名来做歌词名。所以，我就参考了词牌名的形式。

看到"东风破"这种文字结构，你或许会想到《蝶恋花》《菩萨蛮》《沁园春》《一剪梅》这样的词牌名，宋代的词牌一开始大多是有曲调配合的。宋词最初是伴曲而唱，这些曲子有一定的旋律、曲式，也就是词调。有按词去谱曲的，也有依曲调来填词的，曲调其实就是所谓的词牌。但因为朝代更迭，绝大多数的词牌曲调并没有流传下来。

宋词完全脱离了曲和曲调，原来的词牌曲式变成只用来填词的格式。而曲破是当时的乐舞名通称，是大曲演奏的一种形式，一般都是有曲无词。曲破的这个"破"字很吸引我，最后这首歌就此定名为《东风破》。换句话说，宋代的词牌等同于当时的流行音乐，而一代词人柳永，以他当时创作的影响力，可以说是北宋时期的"李宗盛"了。

虽然说《东风破》的"破"字受到了曲破的影响，但《东风破》是2003年创作的，它并不是真的词牌，在此之前，"东风破"这三个字的组合是不存在的。但在百度百科，关于"曲破"的解释，在示例辨析里有一个专门用《东风破》的"破"字来举例的例证。对此，我只能说很感谢这位上传了百度百科内容的编辑者，他可能极其重视这首《东风破》，我也对所创作歌名能进入古典诗词的范畴当例证感到有点骄傲，但《东风破》只是现代流行歌曲名，它的歌词、段落、字数与平仄不是词牌的格式，我觉得也不能称之为词调。

多年前，还曾有一个热情的网友依照我所写的《东风破》歌词杜撰了一首诡称是苏轼所填的宋词叫《东风破》，言下之意就是我抄袭古人之作。现在在网络上搜索"苏轼、东风破"等关键词，还有这首所谓的苏轼所写"东风破"的宋词文字的资料，甚至有网友还信以为真，令人啼笑皆非。你上网查得到的词牌名有叫《东风寒》《东风齐着力》《东风第一枝》或者是《醉东风》，但绝对绝对没有一个词牌叫"东风破"。

《东风破》的歌词中"酒暖回忆思念瘦"这句的创作灵感来自李清照的《如梦令》：

昨夜雨疏风骤，
浓睡不消残酒。
试问卷帘人，
却道海棠依旧。
知否？知否？
应是绿肥红瘦。

其中"绿肥红瘦"是非常经典的借喻，这首词的意思是：昨晚下了一场雨，雨不大但风很强，醒来时仍有宿醉之感，李清照问卷帘侍女外面情景如何，侍女回答，海棠花跟往常一样啊。李清照这时问道，你怎会觉得一样呢，经过一夜的风雨，红色海棠已被吹打凋零，而绿叶却因水的滋润更加鲜绿了，所以应该是绿肥红瘦。

　　这个"瘦"令我印象深刻，想想看"你走之后，酒暖回忆思念瘦"，意思是喝酒的时候是微醺状态，此刻的酒勾起了你的回忆，暖上心头，所以"酒暖回忆"。但真实的情景却是回忆里的那个人不在身边，此时只会让思念更加消瘦。这里瘦的，其实是自己的思念。

　　另外，歌词中反复出现了"谁在用琵琶弹奏，一曲东风破"，这样的用法是流行音乐中常用的记忆点手法，也就是副歌的第一行文字一定会重复，加深词意的记忆点。至于为何选用琵琶入词，主要是为了营造时代氛围。唐代很多诗人会选琵琶入诗，比如王翰的《凉州词》："葡萄美酒夜光杯，欲饮琵琶马上催。"琵琶这个词，会令我们与历史久远的岁月产生情感联结。我用"一盏离愁""一壶漂泊""一曲东风破"营造了一段对过往岁月的感叹。

　　想必大家都认同《东风破》的歌词有着古典诗词的韵味，而我后来的创作也因为古诗词受益颇多。我在求学阶段就很喜欢古诗词，而且是发自内心的喜欢，所以会主动去阅读相关书籍，这种动力和热情也让我吸收了很多古典诗词的养分。当时完全没想到，小小的爱好会成为日后创作的素材。我认为多读古典诗词，能开拓创作的广度与深度，如果大家喜欢写诗填词的话，建议多多品读古典诗词，可以培养诗词能力的基本功。

东风破·散文版

有对青梅竹马，他们嬉笑怒骂一起长大，一起听那首叫《东风破》的歌，也自然而然在一起了，后来，他们却分手了。那年，窗棂旁有盏摇晃的烛火，桌上有壶温热的老酒，而屋外有琴声幽幽。如今他们只能各自面对流逝的时光和一去不回头的感伤。

此刻门外恰好传来那首熟悉的《东风破》，让他们回忆起两小无猜的岁月。虽然最终还是分手了，但他们却没有那种仓皇的撕心裂肺，有的只是淡淡的，安静的，甚至是沉默的追忆而已。

天青色等烟雨

狼牙月　伊人憔悴

我举杯　饮尽了风雪

是谁打翻前世柜　惹尘埃是非

缘字诀　几番轮回

你锁眉　哭红颜唤不回

纵然青史已经成灰　我爱不灭

繁华如三千东流水

我只取一瓢爱了解

只恋你化身的蝶

你发如雪　凄美了离别

我焚香感动了谁

邀明月　让回忆皎洁　　　　　　　狼牙月　伊人憔悴

爱在月光下完美　　　　　　　　　我举杯　饮尽了风雪

　　　　　　　　　　　　　　　　是谁打翻前世柜　惹尘埃是非

你发如雪　纷飞了眼泪

我等待苍老了谁　　　　　　　　　缘字诀　几番轮回

红尘醉　微醺的岁月　　　　　　　你锁眉　哭红颜唤不回

我用无悔　刻永世爱你的碑　　　　纵然青史已经成灰　我爱不灭

　　　　　　　　　　　　　　　　繁华如三千东流水

（rap　你发如雪　凄美了离别　　　我只取一瓢爱了解

我焚香感动了谁　　　　　　　　　只恋你化身的蝶

邀明月　让回忆皎洁

爱在月光下完美　　　　　　　　　你发如雪　凄美了离别

你发如雪　纷飞了眼泪　　　　　　我焚香感动了谁

我等待苍老了谁　　　　　　　　　邀明月　让回忆皎洁

红尘醉　微醺的岁月）　　　　　　爱在月光下完美

发如雪

收录于《11月的萧邦》

作于 2005 年

曲／周杰伦

你发如雪　纷飞了眼泪

我等待苍老了谁

红尘醉　微醺的岁月

我用无悔　刻永世爱你的碑

你发如雪　纷飞了眼泪

（rap　你发如雪　凄美了离别　　我等待苍老了谁

我焚香感动了谁　　　　　　　红尘醉　微醺的岁月

邀明月　让回忆皎洁　　　　　我用无悔　刻永世爱你的碑

爱在月光下完美

你发如雪　纷飞了眼泪　　　　啦儿啦　啦儿啦　啦儿啦儿啦

我等待苍老了谁　　　　　　　啦儿啦　啦儿啦　啦儿啦儿啦

红尘醉　微醺的岁月）　　　　铜镜映无邪　扎马尾

你若撒野　今生我把酒奉陪

你发如雪　凄美了离别

我焚香感动了谁　　　　　　　啦儿啦　啦儿啦　啦儿啦儿啦

邀明月　让回忆皎洁　　　　　啦儿啦　啦儿啦　啦儿啦儿啦

爱在月光下完美　　　　　　　铜镜映无邪　扎马尾

你若撒野　今生我把酒奉陪

　　《发如雪》这首歌的特别之处在于，它是我与周同学合作的中国风创作中，仅有的一首先有词后有曲的歌。流行音乐通常都是先有曲后有词，其实对我们专业作词人而言，先有词好写得多！因为作词人可以先酝酿最美最有记忆点的文字，先构思先落笔在某种程度上保障了歌词文字故事的连贯性。而且专业作词人都知道旋律谱曲时的大致结构，所以先有文字并不会为难谱曲创作，因为我们知道如何让填词的段落适合入乐。

　　我认为，《发如雪》这首歌可以称为周式抒情中国风的经典之作！首先，这首歌是"血统纯正"的五声音阶创作，也就是 do，re，mi，sol，la，它没有像《东风破》一样，用到 fa 跟 si 的装饰音。更特别的是，周同学把五声调式的韧度加宽，正常是 do，re，mi，sol，la，do，re，mi，sol，la，也就是往上加音阶，扩大旋律的范围。但《发如雪》是往下移，它的旋律宽度是"sol，la，do，re，mi，sol，la，do"，向下移了两个，是倒着来的。而且副歌用了一个高音的 do，很准确精致地交代了一个高音。这首《发如雪》并不好唱，原调起调非常高，一直到最后可能男生都必须用假音，否则根本就唱不上去。如果你在 KTV 点这首歌，相信一开始嗓子就有被吊起来的感觉！

这首歌的编曲是林迈可老师，开头是十秒的雨声，营造出清冷的画面感。迈可老师用了一个划开尘封刀柄的音效直切主题，雨声后再两个小节和弦十秒，就开始进入人声配唱，开篇旋律以钢琴的音符带出，而后古筝出现。古筝为主导旋律，再加上厚重的鼓点，rap 部分又辅以低音提琴。

从曲风上来讲，钢琴加古筝的中西结合，让这首五声调式中混着西洋乐风，听得出编曲老师对西洋的音乐节奏与律动了如指掌，虽然在这首歌中中国风乐器的运用稍少，但也正因如此才没有喧宾夺主，反而显得这首中国风歌曲更具时代性，没有完全走复古路线。

这首歌中古筝的音色与所有乐器的音色都是用电脑的虚拟乐器制成的，但不突兀。因为这首歌编曲的重点在于用西洋风的律动支配整个框架，如果真的用古筝的音色反而会抢戏，因为真的古筝的丝竹声很清脆优雅，会过于东方。

整体来说这首歌很清新，感觉是对的。开头的二十秒编曲想法很巧妙，听得出周同学的创作野心，尝试了现代中国风流行乐。他用了三种唱腔和不断变化的音色，他在玩声线，且玩得很出彩，里面有中式古典委婉的唱法，有 rap 的念词，有最后"红尘醉"的飙高音，还有结尾童谣式的儿话音加入，使层次更丰富。虽然杰伦唱功不差，但"啦儿啦"这一段我觉得是这首歌人声配唱里面最出彩的一段，他用假正经唱真性情，"啦儿啦啦儿啦啦儿啦儿啦，啦儿啦啦儿啦啦儿啦儿啦，铜镜映无邪，扎马尾，你若撒野，今生我把酒奉陪"，这一段他唱得很随性，却很对味。若是唱得太正经，反而没意思，所谓三分嬉戏，六分真情，剩下一分就是正经。有时候听歌听的是一种感觉，感觉对味比字正腔圆还要重要！

接下来再跟大家分享一下这首歌的词意创作中几句特别有典故由来的歌词解释，还蛮有意思的，大家也可以从中了解这些歌词创作的来源。

开头的"狼牙月"，指的是月亮像狼牙的颜色，而不是像狼牙的形状。因为狼的牙齿虽然呈镰刀形的钩状，但也只能算是一半的上弦月或下弦月，另一半深埋的牙根，并不是对等的镰刀状钩形。"狼牙月"是指月亮的颜色像狼牙那种略带斑驳的米黄，主要是借由狼牙来强调景色的萧条与苍茫。特此说明，"狼牙月"这个词没有在任何古诗词中出现过，所以这应该算是我自己的一个原创想法和用法。

第二个是"伊人"，这个词的出处，最早可上溯到两千五百多年前《诗经》中的《蒹葭》。里面写道："蒹葭苍苍，白露为霜。所谓伊人，在水一方。"伊人又言彼人，指那个人或意中人，属于第三人称。在古代，其实男女都通用，但是现在，专指年轻女性，"伊人"也就是心目中所倾慕喜欢的那个女生。"伊人"这个词，另外一个转借用法是在影射明君、贤臣，或者是遵循善良风俗的一些布衣百姓。

再说"红颜"，歌词里的红颜，是一种借代的修辞方式。它主要有两个转借的含义，一个是指青春年少，另一个是专指女性、美女。李白的《赠孟浩然》里写道："吾爱孟夫子，风流天下闻。红颜弃轩冕，白首卧松云。"他另外一首《长干行》里面也写道："八月蝴蝶来，双飞西园草。感此伤妾心，坐愁红颜老。""红颜"在这里指的是年少与青春。另外，明清之际的诗人吴伟业的《圆圆曲》里面有提到"鼎湖当日弃人间，破敌收京下玉关。恸哭六军俱缟素，冲冠一怒为红颜"，这里的"红颜"就是指女性与美女。"红颜薄命"语出《玉清庵错送鸳鸯被》第三折："总则我红颜薄命。"意思是自古以来美女的命运就多舛，其下场通常都不好。

"青史"这个词，"青"指的是竹简，"史"指的是历史或史书。因为在纸张还没有发明的年代，一般的书籍大多使用竹简制成，竹简也就是串起来的竹片。古人将其编成形状像册子的书，这是古人用于写作的一个工具，也用来记载历史。所以后世就用"青史"作为史书的代名词。成语"名垂青史"，便是指在历史上留下功名，永垂不朽。

"汗青"一词意指史书，因为竹子表面有一层竹青，含水分不容易刻字。所以古人把竹简放在火上烤，经火烤处理后的竹简刻字方便且防虫蛀。当时人们就把这个火烤的过程叫杀青，也叫汗青。所以"汗青"一词亦被引申为史书，如文天祥的《过零丁洋》里写道："惶恐滩头说惶恐，零丁洋里叹零丁。人生自古谁无死，留取丹心照汗青。"

再来说说"前世柜"。完整的句子是"是谁打翻前世柜惹尘埃是非"，柜这个字其实没什么疑义，也没有什么感性浪漫的解释，它就是指一个收纳空间，它的材质可能是木头、金属或塑胶，但柜紧跟在前世后面，这就有意思了。我的原意是"存放前世记忆的柜子"，这是一个原创的形容词——前世柜。

　　"缘字诀"的诀这个字的词语解释有三个，第一个是辞别、告别，特别是长期的告别——没有预期会再相见的一种离别跟死别。如林觉民的《与妻诀别书》；第二个是指为某事物编辑而成的押韵词句，容易记忆。如歌诀、口诀；第三个是指事物的一个窍门与方法，如秘诀。而我写的"缘字诀"当然是指第一个诀别的诀。跟"缘分"道离别，是需要历经几次的轮回，意指双方的缘分很深，有缘定三生的感叹。

　　最后聊一下"只恋你化身的蝶"。这里的蝶源于流传已久的民间故事——《梁山伯与祝英台》。《梁山伯与祝英台》《白蛇传》《孟姜女哭长城》与《牛郎织女》并列为中国古代民间四大传说。大家应该注意到了，这四大传说都跟爱情有关，这就是通俗文化的影响力。流行音乐也是，大多也都跟爱情有关。《梁山伯与祝英台》说的是东晋时，浙江上虞的祝家有女名为英台，她女扮男装到杭州去求学，途中遇到会稽来的梁山伯，两人相谈甚欢，便结伴而行。同窗三年，双方感情深厚，但梁山伯始终都没发觉，祝英台居然是女儿身。后来祝英台中断学业返家，梁山伯前往拜访，这才发现真相。此时的他欲上祝家提亲，但无奈祝英台早就许配给马文才。两人彼此相爱，却无缘相守。后来梁山伯当了县令，但因为思念过度，郁郁而终。祝英台出嫁前经过梁山伯的墓，狂风骤起，此时梁山伯的墓裂了开来，祝英台毫不犹豫地跳了进去。其后，突现一对彩蝶，比翼双飞而去。像这样流传甚广的传说，一来有着社会的共同记忆，二来有着共同的情感认同，所以我写"只恋你化身的蝶"，绝大多数的人都知道这句歌词的背后典故由来。

"发如雪"是原创的词，意指发色如雪般。这是一种词句意境的摹写，同样如前文所说，在歌词的体现中有两个解释：一个是"朝如青丝暮成雪"，感叹岁月的流逝；另外一个指的是伊人声媚、肤白、眸似月、发如雪。这里强调的是伊人秀丽妩媚的外形。它并不是抄袭任何古典诗词的一个诗词名或者是词牌名。在杰伦《11月的萧邦》这张专辑的歌词本里面，其实有几句话，算是一个引言吧，原句如下："极冻之地，雪域有女，声媚，肤白，眸似月，其发如雪；有诗叹曰：千古冬蝶，万世凄绝。"其实这句引言也不是出自什么古史的资料，是我为了营造发如雪古典的气质，所刻意杜撰的一个文言文形式的句子。《发如雪》的歌名灵感，是来自于李白《将进酒》的"君不见黄河之水天上来，奔流到海不复回。君不见高堂明镜悲白发，朝如青丝暮成雪"。这句诗我印象深刻，创作《发如雪》时，就联想到青丝秀发，一夕成雪，遂有"发如雪"一词。

"繁华如三千东流水"的"三千"来自《红楼梦》第九十一回："宝玉呆了半晌，忽然大笑道：'任凭弱水三千，我只取一瓢饮。'"弱水这个词始见《尚书·禹贡》，里面写道："导弱水至于合黎。"古代用弱水来形容险而遥远的河流，但现在则把弱水引申为爱情河。三千则源于佛教用语，如佛家三千大千世界，便是形容无边无量孕育生命的一个浩瀚宇宙。一瓢饮，见《论语》。子曰："一箪食，一瓢饮，在陋巷。人不堪其忧，回也不改其乐。贤哉，回也！"弱水三千，只取一瓢饮的原意是：弱水虽然丰沛，但我只取其中一瓢来饮。引申就是说：可以交往的对象虽然很多，但是我只喜欢你一个人，指的是一个人的情感专一。

"邀明月，让回忆皎洁"与"我举杯，饮尽了风雪"，这两句是借用李白《月下独酌四首》中的诗句。"花间一壶酒，独酌无相亲。举杯邀明月，对影成三人。"我将李白那句"举杯邀明月"拆开来，把"举杯"与"邀明月"分别融入歌词中。

最后一个要分享的词是"铜镜"。现代人大多使用水银制造的镜子来化妆，但是在古代玻璃镜还没问世之时，古人皆是用铜锡合金的铸造法制造铜镜。待铜镜浇灌完成后，再将其镜面打磨抛光以照面，就是照自己的脸，在日常生活中，其实是用来端正衣冠，整理仪容的。《旧唐书》里有一段跟铜镜相关的名言："夫以铜为镜，可以正衣冠；以古为镜，可以知兴替；以人为镜，可以知得失。"

以上是《发如雪》的一些比较有具体创作由来的歌词释义。这首先有词后有曲的《发如雪》，是少数几首先有文字的音乐创作。一般而言，我只有韵脚诗的创作不需要与旋律结合，可以完整表达内心所思所想，但因为没有音乐的辅助，流通程度与影响力都不高，但歌词与新诗对我而言都是极其喜爱的文字创作，也感谢有诗跟词的存在，可以让我们宣泄不同的情绪，表达不同的情感。

很多时候换个不同的角度看世界，你会有不同的感悟，让我们感谢有挫折，感谢有伤悲，感谢我们还有音乐。感谢秋末后飘下的冬雪，让我们在这个始终不完美的世界可以纯白得很有感觉。感谢情人离开的样子，感谢只有一个人的日子，感谢这个时而愤怒时而沮丧的城市。感谢我们还有诗，让我们那些多变且难以解释的心思，可以一一轻描淡写成文字。

文学创作里的修辞通常都使用在诗词创作中。因为诗词文字与散文和小说最大的不同点，一言以蔽之：以最少的文字去表达最多的意思。其文字结晶度很高，同时诗词文字也具备一定程度的抽象意义，惯用拟人、讽刺等间接手法来叙事说情。

修辞的类型有很多，譬如：感叹、比喻、转化、排比、夸饰、转品、回文、倒装、摹写、引用、析字、映衬、设问、顶真以及借代。《发如雪》这首歌里面用到的是摹写、夸饰、设问、比喻、转化、转品，还有借代。

"狼牙月，伊人憔悴"这里的"狼牙月"就是视觉摹写。何为摹写？摹写也就是把我们感官上对事物的一种知觉，用文字加以描述形容，被记录的对象包括视觉、听觉、味觉、嗅觉以及触觉等。

"我举杯，饮尽了风雪"这里同时用到转化跟夸饰，转化指的是描写内容时，转变了被描写对象原有的性质，化为另一种截然不同的东西。转化，同时也被称为比拟，拟物为人。拟物为人也就是拟人化，或者拟人为物或以物拟物。另一种修辞学的使用是夸饰，夸饰一词很好理解。就是诗词语句夸张地铺陈，明显超过客观存在的事实。所以"饮尽了风雪"同时运用到比拟和夸饰。表达的是我举起酒杯，将酒杯里世间所有的爱恨霜雪豪气干云地一饮而尽。

"是谁打翻前世柜，惹尘埃是非"这里的"是谁"用到的是设问。设问的用法是让诗句不那么平铺直叙，借以增加它的悬念。

"你锁眉，哭红颜唤不回"也是视觉的摹写。

"纵然青史已经成灰，我爱不灭"这句很明显地用到了夸饰。因为青史也就是历史，怎么可能成为灰烬呢？在这里用来强调纵然历史都已经灰飞烟灭了，但是我对你的爱依然存在。

　　"繁华如三千东流水"这句同时用到了比喻跟夸饰。夸饰刚刚说过了，在此我们就解释比喻。比喻的意思，简而言之就是借彼喻此，运用想象与联想具体容易理解的事物来形容及说明被描写的抽象主题。"繁华"我们很好意会，但"三千东流水"却不好理解。所以用比较好理解的"繁华"来比喻滚滚而逝的东流水。而三千只是加强其意象。"我只取一瓢爱了解"用到了转化，"只恋你化身的蝶"用到了比喻，"你发如雪"用到了比喻，比喻什么呢？比喻发色像雪一般白，意指年华已逝。

　　"凄美了离别"这句用到了转品。转品指的是改变词语原有的惯用法，如将形容词转为动词来使用。"凄美"是形容词，凄美了离别，就是将形容词转成动词。如此的转品常见于诗词中，这会赋予词语新颖的用法，让句子的陈述显得更简明扼要。这会增加文字的动态，让凄美一词更显哀戚四溢。

　　"我焚香感动了谁"用到了设问。如果我用我焚香感动了你，或感动了他，其实反而不美了。因为除了韵脚的考量外，设问的使用会让文字的感觉更为凄美，更为唯美，因为它是间接的疑问句。

　　"邀明月，让回忆皎洁"用到了转品。将"皎洁"由形容词变动词，"爱在月光下完美"一样是转品，不同的是，将"完美"由形容词变成名词，因为爱在月光下完美了。

"你发如雪，纷飞了眼泪"这里的"纷飞了眼泪"用到了视觉摹写。"我等待苍老了谁"中的"苍老"由形容词变成动词，因为他苍老了谁。"红尘醉微醺的岁月"用到了转化与借代。因为红尘不是人，怎么会醉呢？所以这里转化红尘，把红尘拟人化。"红尘"被借代为女性或美女，因为红尘的本意指的是繁华的城市，也是指纷扰的世俗生活，但其实常常被借代为青春年少或者是女性、美女。

"我用无悔，刻永世爱你的碑"用到了转化。以物拟物，将无悔当成一种器具，它可以用来雕刻永世爱你的碑。

"铜镜映无邪，扎马尾"这句里面的无邪，是转化也是转品，因为无邪被拟人化，同时由形容词转变成名词。因为无邪的本意是用来形容天真、思想纯正，没有邪恶想法的人，但此处的无邪却可以像人一样被铜镜映出，被转化成名词。

以上这些是《发如雪》歌词里面修辞学应用的一些词句的例证。解释起来其实还蛮特别、有趣的。如果读者朋友里面有中学老师，或许可以用《发如雪》这首歌来上修辞学课呢。

发如雪·散文版

月光就像狼牙的颜色那样，涂抹上一层略带斑驳的米黄。笼罩在如此夜色下，伴随着来自北方高原冷冽的寒风，此情此景，给浪迹天涯的游子更添一份悲壮与苍茫。我记得那年我横越狼牙色的空旷大地，一路走过我深深眷恋与牵挂的姑娘所住的地方。在那人声杂乱车马喧嚣的京城长安，他却独自在月下叹息着，只有他一个人才懂得的悲伤。

多年后，当我与人论及这段前尘往事时，想要故作潇洒豪迈地举起手中的酒杯，却反而唏嘘不已地感叹这些年来发生的一切。最后竟妄想一饮而尽这人世间迎面而来的种种考验与风雪。为何在这原本平淡恬静的日子里，会有人狠心刻意地去揭露关于我们前世那段未完的姻缘，从此招惹来一段至今仍纠缠不清，也无法抚平的爱恨纠葛。

其实缘分这个词哪里有什么神秘难懂的解释，如对照你我之间发生的故事，缘分无非指的是在前世今生的轮回中一次又一次无止境地相遇、相恋，然后离别。因此你眉宇间始终有一股挥之不去的淡淡忧愁，仿佛在控诉那已经消逝的青春时光，怎么也换不回来。犹记得。那时我曾对你说，就算那些人为记载的历史都已经灰飞烟灭，我们所处的时空也已经沧海桑田，但我对你那份永世不变的誓言，却会像永恒的传说故事一样世代相传下去。

　　这世间的过眼繁华就如同滔滔不绝向东奔流而去的江水。而我在波涛汹涌的众多分支汇流中，却只对你涓涓细流般的体贴，有着刻骨铭心的感觉。那些水量再丰沛，气势再惊人的河川江水都不如你眼中惊鸿一瞥的那次春水。就好像在姹紫嫣红争奇斗艳的御花园中，我只专心迷恋你所化身的那只彩蝶。

　　那年你转身离开时，在香肩上飘动起如丝绸般的秀发。在月光的照耀下，竟宛如霜雪，如瀑布流泻而下。那如梦如幻的气氛，竟然美化了我们那段伤痛欲绝的离别，那是在我内心，虔诚为你祈祷的声音，并不奢望有谁听到，或者要刻意地去感动谁。那只不过是我在做我想要做的事情罢了，或许也可以说是为了我自己吧？如果可以，我想邀请明月来为我的誓言做见证，证明我对你的回忆如明月般皎洁透明，没有丝毫的不忠跟虚伪。或许唯有如此，才能衬托出我对爱情所要求的那份无瑕跟完美。

　　你原来如丝绸般为人所称羡的秀发，到底是受了什么恶毒的诅咒？或者是因为有什么心事，竟然可以在一夕之间就白发苍苍，衰老得如此不堪。我对这突如其来的变化感到震惊跟感伤。溃堤的眼泪如冬雪般漫天而降，此时满脸愁容的我不禁想问，到底我这一生一世的痴痴等待是蹉跎了你年轻的岁月，还是耽误了我自己的年华。在这红尘俗世，酒不醉人人自醉的日子里，有些人选择继续沉沦在如醇酒般微醺的岁月，日复一日不愿醒来面对现实。但我却在众人皆醉我独醒的世道中清醒，而且毫无怨言地为你精雕细琢那块永世爱你的石刻碑文。

那面被擦拭得耀眼夺目的青铜古镜，正清晰地照映出属于你年少的那张单纯无邪的稚脸。我至今依然记得你当时扎马尾的青涩模样，如果时空可以倒转回到长安，回到城郊外那蜿蜒清澈的小溪旁，你仍旧像个孩童般，在那里无忧无虑地玩耍，任性，撒野。如果真的可以那样，那么我宁愿这一生就像个没出息的醉汉，永远都不要醒来，沉醉在那半梦半醒之间，带着宿醉的眼光，遥望梦中的故乡。回到脑海里，怎么也抹不去的长安。梦中的我将带着前世的记忆回到蜿蜒的小溪旁，缓缓穿越屋前的竹林，然后推开飘着松香的房门，来到薄纱半掩的床边，微笑着俯身亲吻你那张永世难忘的脸庞。

天青色等烟雨

繁华声　遁入空门　折杀了世人
梦偏冷　辗转一生　情债又几本
如你默认　生死枯等
枯等一圈　又一圈的　年轮

浮屠塔　断了几层　断了谁的魂
痛直奔　一盏残灯　倾塌的山门
容我再等　历史转身
等酒香醇　等你弹　一曲古筝

雨纷纷　旧故里草木深
我听闻　你始终一个人
斑驳的城门　盘踞着老树根
石板上回荡的是　再等

听青春　迎来笑声　羡杀许多人
那史册　温柔不肯　下笔都太狠
烟花易冷　人事易分
而你在问　我是否还　认真

雨纷纷　旧故里草木深
我听闻　你仍守着孤城
城郊牧笛声　落在那座野村
缘分落地生根是　我们

千年后　累世情深　还有谁在等
而青史　岂能不真　魏书洛阳城
如你在跟　前世过门
跟着红尘　跟随我　浪迹一生

雨纷纷　旧故里草木深
我听闻　你始终一个人
斑驳的城门　盘踞着老树根
石板上回荡的是　再等

烟花易冷

收录于《跨时代》

作于2010年

曲／周杰伦

：

雨纷纷　旧故里草木深

我听闻　你仍守着孤城

城郊牧笛声　落在那座野村

缘分落地生根是　我们

（rap 雨纷纷　旧故里草木深　　　　城郊牧笛声　落在那座野村

我听闻　你始终一个人　　　　　缘分落地生根是　我们

斑驳的城门　盘踞着老树根　　　缘分落地生根是　我们

石板上回荡的是　再等　　　　　伽蓝寺听雨声盼　永恒

雨纷纷　雨纷纷　旧故里草木深

我听闻　我听闻　你仍守着孤城）

　　《烟花易冷》发表于周同学 2010 年 5 月所发行的专辑《跨时代》里，这首歌最近再次被关注，是因为 2013 年林志炫在《我是歌手》第一季里的精彩演绎。这首歌是由黄雨勋老师编曲，雨勋跟我与周同学是有着革命情感的同期生，我们三个是刚进入流行音乐圈的同班同学。

　　1997 年，台湾的 TVBS-G 电视台有个《超级新人王》的节目，这个节目算是大陆和台湾、香港音乐创作类型节目的始祖，比的就是原创词曲。周同学的创作才华可以说有目共睹，一路走来获奖无数。但《超级新人王》那年的年度总冠军却不是他，杰伦只是亚军。那一年的年度总冠军是谁呢？就是我们雨勋同学。后来他们两个也就理所当然地被签入宪哥（吴宗宪）

的公司。宪哥那时的唱片公司叫"阿尔发"，而我则是自行投稿受宪哥青睐后同一时间加入了"阿尔发"唱片公司。

记得那时公司陆陆续续签了七八个词曲人，但现今也就剩下我们三个还在音乐圈。雨勋除了帮周同学的专辑编曲外，现在还是周同学个人演唱会的音乐总监。《烟花易冷》由雨勋所编，编曲的节奏感很好，而且不老套。前奏很短，十一秒就进唱，恰到好处。然后将近一分钟内只用了吉他声和钢琴音，先是一把吉他，然后钢琴跟上，在快进入副歌时才有笛声缓缓地伴随而来，情绪很对味，很精准。第二遍主歌时，鼓声缓缓进来，增添了旋律的张力和歌词故事的厚度。

一般而言，小调式编曲会让歌曲的音域程度浓厚，但雨勋对这首歌的编曲反而让这首歌的节奏有点轻盈，使得歌曲不那么悲情沉重，这很重要，好的鼓的音色可以挑动整首歌的律动，节奏乐器的音色比较时尚，也不会让歌曲显得太苦情。

至于杰伦在这首歌的创作上，则是用 C 大调的关系小调，a 小调写歌。副歌中每一小节的最后一个音为两拍，比其他音多了拍数。还有这首歌中，电脑模拟的笛声，只用在过门。他还用了气生唱法，唱腔的改变也颇值得一提。在副歌歌词中，"城郊牧笛声"里的那个"牧"字的声线拉得很长，那种孤寂感叹的感觉很强烈。这首歌里面的真假音转换，在 KTV 唱的时候很具挑战性。没有一定音准的人，我想很容易会走音吧。然后在第二遍副歌与最后一段副歌中插入的一段 rap，堪称一绝，这段 rap 在周同学唱来丝毫没有西方的那种嘻哈的感觉，反而处处显露出一种东方的神韵。

从旋律上分析，小调歌曲的特性就是旋律听起来很忧伤。日本音乐有非常大的比例是小调歌曲，而在中国流行音乐的市场上，忧伤类的情歌也特别容易被传唱。从听众角度来说，是因为小调歌曲的曲调容易使人陷入回忆中，借由听觉去做情感的扩散，因此能够得到较高的传唱度和共鸣。我们试着将音乐拆开，就会发现这些音乐创作的调式其实都是有逻辑的，事实上并非只有小调音乐的特性是忧郁，譬如蒙古族，他们的音乐时常在大调中透露出浓浓的小调忧郁，就如马头琴的音色，一出来就是带着悠远惆怅的颤动跟情感，在此顺带浅谈一下中西方音乐的一个区隔，一种很简单的二分法。

西方音乐除了旋律外也很重视节奏，东方音乐讲究旋律，却不怎么重视节奏，这是因为我们的文化强调的是气韵与神似，自然会对节奏分明的音乐有所忽视，或者说我们并不认为那样的音乐是对美的一种追求。

现今流行音乐的话语权在西方人手里，也造成了一种文化认知上的隔阂。那就是东方音乐的旋律调式与乐器在音乐创作的表现度上有一定程度的局限，不像西方音乐那样宽广辽阔。如西方的交响乐，节奏层层叠叠，起伏跌宕，但在注重节奏的同时，还是有旋律线的。如果判别音乐高下优劣的准则是以交响乐为基准，那西方音乐的立体感，毋庸置疑是强过以线性发展为主的东方音乐的。

接下来我们谈谈歌词里的修辞学应用。在谈修辞学前，先分享一下我之前在北京的一场讲座中讲述的一个自己创作上的特殊语法，也就是所谓的三等、三跟、三怨、三惹和三如，用的就是排比的修辞手法。《烟花易冷》用了三等和三跟，可见这首歌我自己是真的很用心地去写的。

什么是三等跟三根呢？我们先讲三等：

容我再等历史转身，等酒香醇，等你弹一曲古筝。

再来是三跟：

如你在跟前世过门，跟着红尘，跟随我浪迹一生。

接着还有《兰亭序》里面的三怨：

又怎么会心事密缝绣花鞋针针怨怼。若花怨蝶，你会怨着谁？

还有大家耳熟能详的《青花瓷》里的三惹：

篱外芭蕉惹骤雨，门环惹铜绿。而我路过那江南小镇惹了你。

以及《红尘客栈》中的三如：

我说缘分，一如参禅不说话，你泪如梨花，洒满了纸上的天下。爱恨如写意山水画。

以上这些都是运用了修辞学里面的排比，事实上修辞技法的种类相当多，有三十几种。主要有两大类，一类是扩大与转换字句词语的本义，以间接的形式，让文章与诗词的含义更多元，如比喻、借代、夸饰、转品等；另一类是以文字的呈现与排列形式，让文章诗词更优美，如类叠、对偶、排比、顶针。修辞是为了让文章字句的表现更具艺术手法，此类使文章更富咀嚼空间与想象魅力的语法，起源相当早。修辞运用甚至可追溯至成书于公元前距今两千多年的《诗经》。《诗经》的表现手法赋比兴，就是修辞运用：赋是直述，比是比喻，兴则是联想。

《烟花易冷》这个歌名和《发如雪》《东风破》《菊花台》一样是原创的，至于《青花瓷》《千里之外》《双截棍》和《天涯过客》则不是原创的。

《烟花易冷》的歌词中运用到的修辞手法比《发如雪》还要多很多，几乎每一行在创作上都运用了修辞手法，我干脆说哪几行没有用到修辞，会比较好理解，也就是两句完全的白话歌词。"我听闻你仍守着孤城""而你在问我是否还认真"，就这两句。其他全部都用到了修辞技巧来创作。因为太多了，在这里就不一一讲述，只列举几段歌词来做解析。

"繁华声，遁入空门，折杀了世人"用到了转化，也就是拟人化。将繁华声比拟为人，如此它才能遁入空门。

"梦偏冷，辗转一生，情债又几本"同样用到了转化，将梦形象化，梦本来是抽象的概念，但在这里它是具体的，所以可以感受到冷热温度。

"如你默认，生死枯等"用到了转品，将作为形容词的枯字转品为副词。

最后一句"枯等一圈又一圈的年轮"用到了象征，用年轮来象征岁月与时间。

"浮屠塔断了几层，断了谁的魂"这里用到的是设问，也就是一个悬念，在问是谁断了谁的魂。这句也用到了顶针，"断"就是顶针，让上下文更紧凑。

"痛直奔一盏残灯，倾塌的山门"很明显用到转化。因为痛是虚的，它要怎么奔跑？所以必须先将它形象化，借由痛的直奔来强调主角内心的焦虑。"一盏残灯""倾塌的山门"是象征，用残灯和倾塌的山门来象征战败的场景。这段也用到视觉摹写，借以营造出凄凉与孤寂感。

"容我再等历史转身"用到了转化，历史怎么转身？当然要先拟人化。这句连同接下来的"等酒香醇，等你弹一曲古筝"，就是刚刚说的排比句。以三个等字来营造漫长孤寂的岁月感。这里还有一个特别之处，是我省略了主语，也因为主语的省略，造成听歌者对歌词解读的模糊性，如此反而对歌词有了不同的想象，也算是邀请听歌者参与创作解读。怎么说呢，像"繁华声、遁入空门、折杀了世人、痛直奔一盏残灯、倾塌的山门"，还有"石板上回荡的是再等"这些歌词，语句中都没有直接说明主语是你还是我。因此不同心境的人会各自解读为他们认为的用法，这就会产生不同的感受情绪。

另外，这首歌的文字视觉元素很丰富，也就是所谓的画面感很强，营造出孤寂与荒凉的意象。如"一盏残灯、倾塌的山门、斑驳的城门、老树根、草木深、野村、孤城、城郊、雨纷纷"，还有"年轮"。再来则是刻意塑造出的佛教意象，如"空门、浮屠塔、山门、前世、红尘、缘分"还有"伽蓝寺"。其中"浮屠"跟"伽蓝"是佛教东传入中土后的音译词，"浮屠"就是佛塔之意，而"伽蓝"则是佛寺之意，此类的梵语外来词相当多，也丰富了汉语的词汇，增加了对事物描述的用语，因为不同民族对事物的理解与认知会直接反映在他们的语言中。

如前文所说，修辞学的运用可远溯自《诗经》时期。《诗经》有所谓的"六义"，这"六义"指的是"风、雅、颂，赋、比、兴"。此处的"风、雅、颂"是以音乐的性质来对《诗经》作品分类；而"赋、比、兴"则是《诗经》里的文学表现手法。想想中华文化真的是源远流长，我们现代人居然还在引用两千多年前的诗句来形容事物，而且还没有违和感。

一般我创作歌词的时候，会针对某些特别的题材下功夫去收集与汇整资料。某种程度而言，就是把歌词创作当作剧本去经营。比方说，要拍一部以民初旧上海的故事为题材的电影，那就必须先收集那个时空背景下的史料当戏剧背景，如同我当初要写《上海一九四三》时，就必须先了解外滩、法租界、青帮洪门等历史知识，还有吴侬软语、百乐门、十里洋场等城市符号，甚至是石库门、弄堂、白墙黑瓦等当地的建筑特征。这些跟上海这座城市有关的文化联结与画面想象，都是创作者在构思歌词故事时所必须先了解的，在具备了对这座城市过往记忆的初步理解与认识后，歌词故事写起来才会到位。

另一种则是像《烟花易冷》这样，是看了一部电影、一本书，或者是一场展览之后，有感而发的创作。像《爱在西元前》就是当时在台北看了美索不达米亚展后有感而发写的，歌词里面的古巴比伦王、汉穆拉比法典、祭司、神殿、苏美尔女神、底格里斯河、美索不达米亚平原还有楔形文字，这些词就是来自那场展览的资料汇整。而我最终用《爱在西元前》来当歌名，也是为了强调两河流域的文明之久远，远自公元之前，也就是两千年前。但美索不达米亚，也就是两河流域的文明当然不止两千年，两河流域的文明相当久远，而楔形文字距今也超过了五千年。不过通俗文化的流行歌词并非学术研究，所以也就取《爱在西元前》，当作一个历史年代的符号。

《烟花易冷》的创作灵感来自一本书，这本书叫《洛阳伽蓝记》，作者是杨衒之。杨衒之北魏时在朝为官，曾任期城郡守、抚军府司马、秘书监等职，他这本《洛阳伽蓝记》成书于东魏孝静帝时（公元547年以后），就在公元547年这一年，他亲眼看到北魏帝都洛阳城因为战乱而倾塌、荒废，近乎荒烟蔓草，对照起他从前所见的那个盛极繁华的洛阳，落差太大了，他心有所感，所以撰写此书，以传后世。

这本书对我而言相当特别，真的是一本奇书。它就像一部文字纪录片，记录了北魏都城洛阳四十年间的生活片段。作者可谓做足了功课，尽其所能地去收集史料，然后用文字巨细靡遗地还原公元547年前的洛阳城，《洛阳伽蓝记》可谓北魏时期史料文献的第一手参考资料。

《洛阳伽蓝记》中有一段杨衒之因公务再度行经洛阳城时所见的描述：

余因行役，重览洛阳。城郭崩毁，宫室倾覆，寺观灰烬，庙塔丘墟，墙被蒿艾，巷罗荆棘。野兽穴于荒阶，山鸟巢于庭树。

这些对洛阳城残破颓败的描述，很有画面感。于是我杜撰了一个故事梗概，然后再将这个故事梗概发展成歌词：

一千五百年前杨衒之笔下那个盛极繁华后倾塌颓圮的千年古都洛阳城，城中一名皇家将领与其所倾慕之女子间的爱情故事。该将领因缘邂逅女子后，两人一见钟情并且私订终身，此时将领却被朝廷征调至边境征战，在连年的兵荒马乱中，帝都洛阳已沦为废墟，残破不堪，最后女子苦守将领不遇后，落发为尼，待将领历经风霜归来，找寻至女子所出家的伽蓝古寺，却人事已非，尘缘已尽。就在雨夜的古寺中，两人相望无语，感叹着世间的繁华就如同璀璨的烟花般易逝易冷！

在此要说明的是，这是我自行杜撰出来，并发表在网络上的故事。实际上《洛阳伽蓝记》里并没有这段故事，不过这个故事梗概引起仿效，网络上出现很多有关这首歌的故事创作，有一部电视剧也叫《烟花易冷》，北京舞蹈学院在 2014 年也曾以舞剧的形式演出《烟花易冷》，看来这个故事还蛮有潜力可发挥的，或许改天，我自己将它发展成电影也说不定，因为同名的舞台剧、电视剧、小说已经都有人尝试，眼下也只剩下电影了。

一般流行音乐的歌词创作，需特别注意几点，或者说歌词创作的技巧，也是歌词创作的三元素：一是人称代词的使用，二是韵脚文字的掌握，三是情感的最大公约数。

首先来看人称代词的使用，有所谓第一人称"我"，复数是"我们"；第二人称"你"，复数是"你们"；第三人称"它"，复数是"它们"；至于"谁"，则是疑问代词。人称代词在现今流行音乐歌词里极为重要，歌词中，特别是副歌，一定要有人称代词，这样唱歌的人和听歌的人才会清楚地知道，你是以什么角色在唱歌。

因为第一人称是指说话的人，第二人称是指听你说话的人，第三人称则是指被谈论到的人或事物。歌词里有人称代词，情感才能有所投射，情绪也才能获得共鸣，唱歌的人也才能融入歌词所设定的故事中。

像《青花瓷》的副歌"天青色等烟雨"很美，但是一定要接"而我在等你"这样的人称代词，如此情绪才能明确，故事结构也才清楚。因为"天青色"跟"烟雨"都不是实际上的人，怎么能互相等待，这是因为使用修辞语法，将"天青色"跟"烟雨"都拟人化。词句美虽美，但后面如果不是接"而我在等你"的"我"和"你"，那么副歌词意的用字就不够直接，无法渲染情绪，形成情感认同。

《烟花易冷》也一样，副歌的歌词是"雨纷纷，旧故里草木深，我听闻，你始终一个人"，先铺垫画面感，再接续人称代词。如此会让歌词具备文学性，又不会造成情感距离。所以，要记得，你不是在写宋词，你是在创作现代的流行音乐。记得，再叮嘱一次，歌词中一定要有人称代词。

第二个是韵脚文字的掌握。其实古典诗词一直以来都很注重韵脚的使用，从《诗经》《楚辞》到汉赋、唐诗、宋词、元曲。除了注重韵脚，还讲究平仄、对仗以及格式，这些依循一定格律创作的诗词，也称为韵文。所谓韵文，也就是有着韵脚的文字。

韵脚会让文字的行进间有着节奏与律动。节奏与律动会让文字自然地拥有音乐性，而音乐性能加深文字的记忆性。

　　最后要跟大家分享的是，歌词创作的第三个技巧：情感的最大公约数。公约数是数学用语，此处指的是共鸣跟认同，也就是会让最多人有情感共鸣与认同的事物。譬如说暗恋、表白、伤心、挫折以及愤怒等。这些一般人日常生活中会遇到的情感状态，特别是感情方面，最容易引起共鸣。

　　所以，流行音乐有 80% 以上，都是在描写跟感情有关的事物。这里说的感情指的是爱情、亲情以及友情。而感情里的爱情，则是重中之重，情歌是流行音乐里不变的主流与王道。所以咯，请记得填写歌词或者是练习创作的时候，想要作品让人产生出情感的联系与共鸣，就要好好仔细地想想，什么歌词故事会是情感的最大公约数。

　　四十二个字的歌词，扩充成二百四十几个字的散文，文字量增加了六倍。一首好的歌词，是该如此，旋律抽走后，没有了音乐的辅助，文字本身仍具备阅读的张力与咀嚼的乐趣，歌词的语法结构可被人所讨论与翻译或者是解释，这就是一首有着文字功底的歌词作品。

　　最后我就以《烟花易冷》的一小段歌词转换成散文体的

文字来跟大家分享，感觉还蛮特别的。

烟花易冷·散文版

繁华声，遁入空门，折杀了世人。梦偏冷，辗转一生，情债又几本。

如你默认，生死枯等。

枯等一圈，又一圈的，年轮。

这人世间的繁华，红尘里的爱恨嗔痴，谁又能够完全割舍不要。我逃避似的走进这佛寺山门，心中愁绪万千。如影随形般地折磨我的，依旧是对你那份无从割舍的眷恋。没有你在我的身边，再怎么编织有关未来的梦，都只会让我的思念如坠入深渊般寒冷。不忍回想的是，我这一生历经多少的风雨，却怎么辗转也无从得知你的信息。最终也只是感叹，这些因你而累积出的爱恨情仇，到底还有多少。你却沉默安静地没有任何音信，仿佛是在默认我的疑虑，默认了我终其一生的等待，都将徒劳无功。我就这样一年又一年地苦苦守候，历经了不知道几次的春夏秋冬，等到幼苗都枝繁叶茂地长成大树，也始终等不到你的到来。

素胚勾勒出青花笔锋浓转淡
瓶身描绘的牡丹一如你初妆
冉冉檀香透过窗心事我了然
宣纸上走笔至此搁一半

釉色渲染仕女图韵味被私藏
而你嫣然的一笑如含苞待放
你的美一缕飘散
去到我去不了的地方

天青色等烟雨　而我在等你
炊烟袅袅升起　隔江千万里
在瓶底书汉隶仿前朝的飘逸
就当我为遇见你伏笔

天青色等烟雨　而我在等你
月色被打捞起　晕开了结局
如传世的青花瓷自顾自美丽
你眼带笑意

色白花青的锦鲤跃然于碗底
临摹宋体落款时却惦记着你
你隐藏在窑烧里千年的秘密
极细腻犹如绣花针落地

篱外芭蕉惹骤雨门环惹铜绿
而我路过那江南小镇惹了你
在泼墨山水画里
你从墨色深处被隐去

天青色等烟雨　而我在等你
炊烟袅袅升起　隔江千万里
在瓶底书汉隶仿前朝的飘逸
就当我为遇见你伏笔

青花瓷

收录于《我很忙》

作于 2007 年

曲／周杰伦

天青色等烟雨　　而我在等你

月色被打捞起　　晕开了结局

如传世的青花瓷自顾自美丽

你眼带笑意

天青色等烟雨　　而我在等你

炊烟袅袅升起　　隔江千万里

在瓶底书汉隶仿前朝的飘逸

就当我为遇见你伏笔

天青色等烟雨　　而我在等你

月色被打捞起　　晕开了结局

如传世的青花瓷自顾自美丽

你眼带笑意

　　《青花瓷》的旋律相信大家都耳熟能详，虽然名字叫"青花瓷"，但其实汝窑才是《青花瓷》这首歌创作的缘由，"天青色等烟雨"里面的"天青色"，是汝窑的颜色，并不是青花瓷的颜色。

　　这首歌在 2008 年第十九届台湾金曲奖上获得了最佳作曲人奖、最佳作词人奖以及最佳年度歌曲三个大奖，它完全符合中国风歌曲的三大特征，不论是歌词、作曲还是编曲，都可以说是中国风创作的典范，旋律上周同学采用的是五声调式，整首旋律就只出现五个音：do，re，mi，sol，la，作曲结构相对其他中国风歌曲来说更严谨，也具有更强的逻辑性和关联性。

《青花瓷》的音乐结构形式是 ABABB，也就是主歌、副歌、主歌、副歌，最后再唱一遍副歌，全都是八小节一段的主歌和副歌。特别值得一提的是周同学在这首歌里的和声编写。和声创作极其重要，因为和声的法则与运用可以说是编曲的基础和音乐的骨架。五声音阶配上五声的和声编写，清楚地点出这首歌的全曲基调，主歌与副歌的旋律线耐听，特别是副歌非常有记忆点。

最后一段副歌升高半个调，加强了整首歌的情绪，将歌曲推向了最高潮。让聆听的人有意犹未尽的感觉，整首歌结构严谨，干净而富张力。没有一丝一毫多余的音，我只能内举不避亲地说，周同学，嗯，好样的！

这首歌的编曲是台湾相当知名的编曲老师钟兴民，钟老师的编曲帮这首《青花瓷》加分不少，我认为编曲甚至可视为二度创作，就如同导演将影片照剧本走向拍摄完成后的剪辑，剪辑是调整故事的节奏，也等同于二度创作。同样的旋律，不同的编曲以及配器所表现出来的音乐情绪是截然不同的，编曲对音乐的风格有着决定性的影响力。

这首歌使用了很多民族乐器，有琵琶、鼓、古筝、横笛、洞箫、响板、钹跟串铃等。歌曲的前奏四小节，开始鼓跟响板的节奏，再来就是用古筝跟横笛作为主旋律的伴奏，配以中国风音色的鼓，敲出娓娓道来的节奏，同时以电吉他铺底作为配唱部分的衬底和弦。前奏的四小节，虽然短，却起到了引领音乐走向的作用，又为整首歌的发展奠定了基本的调性。

总体来说，这首歌中国乐器的音色靠前，西洋乐器的音色靠后，进入副歌前的间奏，只用了古筝清亮的音色推向副歌，一如中国的泼墨山水画，讲究远近虚实的意境。这段副歌是以横笛为主，古筝为辅，再以弦乐衬底，不仔细听，可能会忽略掉弦乐的部分，因为横笛和鼓的声音太清亮。第二段的配唱中是电吉他与弦乐穿插的互动，再用古筝推动第二段副歌的高潮，使歌曲更加灵巧、生动。第三段开始升调，这里的编曲配器是古筝在中间，电吉他在下面铺陈的位置，推动整首歌的情绪，弦乐部分靠上面，可以显得歌曲不那么悲伤，反而有一种意犹未尽的感叹。这种编法是钟老师考量的重点。最后再以一小段的古筝 solo（单独表演）结束，配唱部分的电吉他音色有点暖色系的感觉，是主旋律中唯一的西洋乐器。

这首歌的古筝部分比重很大，直接用了弹单音的方式，清脆而动听，很符合青花瓷的韵味。整体来说，钟老师的编曲很丰满，而且中西融合，经得起推敲。这首歌的乐器音都是乐器录制，不是电脑 Midi 档数位的。

开头我们提到过，这首《青花瓷》跟汝窑有关联。其实这首歌一开始的歌名并非叫《青花瓷》，而是叫《青铜器》。后来又改名为《汝窑》，最终才拍板定案为《青花瓷》。

这个故事要从十年前开始说起，当时我经人介绍认识了几位鉴赏古董的朋友，触发了想用那些传世的国之瑰宝来当歌名的灵感，当初第一个想到的其实是青铜器，以殷商时期开始铸造的青铜器皿为曲调名。那时候的想法是用青铜器的厚实来象征爱情的坚贞，用千年斑驳的铜锈来比喻世事的沧桑，用器皿上难解的铭文来阐述誓言的神秘，但才开始要落笔，便发现杰伦这首《青花瓷》的调式淡雅脱俗，以至我脑海中浮现的全是烟雨江南的画面。又因春秋战国时期，青铜器主要被铸造浇灌成兵器，使得青铜器这个词有一种杀伐暴戾之气，太过厚重，不够轻盈。

而且还有一个因素是，假设周同学在演唱会上，面向台下的歌迷，脱口而出"接下来为各位带来的这首是《青铜器》"，可能大家会觉得很阳刚，搞不好以为这首歌是有什么 dancer（舞者）去伴唱啊或是排舞之类的快歌，左思右想之后我彻底放弃了"青铜器"。

几经思索，我又选定了宋朝时盛极一时的汝窑，汝窑举世无双，因为战乱的关系，以及釉料配色的配方和烧制过程等种种因素，无法被复制。全世界现在传世的汝窑珍品可能不足七十件，堪称国之瑰宝。纯正上品的汝窑颜色就是天青色，完全没有任何花哨的纹饰，造型简单素雅，在我看来犹如现在极简主义大师的作品，虽然它朴素的内涵和经久耐看的质感非常有艺术性，但总觉得不足以形容爱恨嗔痴的爱情。因为流行音乐是通俗文化的一环，流行音乐的歌名最好具备通俗性，是大家耳熟能详的常用词语。

遗憾放弃了"汝窑"作为歌词意象，但是在收集资料的过程中，我却因为一句"雨过天青云破处，这般颜色做将来"触发了灵感，写下副歌的第一句"天青色等烟雨"。"雨过天青云破处，这般颜色做将来"这句话，据传是出自五代时后周世宗柴荣，是柴世宗对柴窑的赞叹，陶瓷中最上等的颜色为"雨过天青色"，他寄望国家的未来也如同这种天青色一样，朗朗晴空，没有任何阻碍。后来，宋徽宗在窑官请示御用瓷色的名称时，也对汝窑所烧制成功的天青色发出了一样的感叹。当然，这也只是一种传说，尚待考据。不过，天青色现今确实为汝窑的一个专属颜色。虽然放弃了用汝窑当歌名，但是"天青色等烟雨"这句话却留了下来。几经周折，最终，确定使用初烧于唐代，至今已绵延一千多年，中国早期最具代表性的外销艺术品——青花瓷。因为"青花"这两个字更能体现出爱情的联想和画面感，当初我在写下"天青色等烟雨"之后，就顺手写下第二句"而我在等你"。这个"我"和"你"就是对仗"天青色"和"烟雨"。因为歌词里所描述的天青色是无法自己出现的，必须耐心地等一场不知何时会降临的雨，才能在积云散去的朗朗晴空上看到。

但我这里倒过来讲，就是天青色在等待一场雨的来临，之所以用"等烟雨"，是因为烟雨比较美，我不能用天青色等降雨、等雷雨、等骤雨吧，不好听。这里纯粹就是因为意境所以用"烟雨"，但逻辑其实不太对，因为烟雨是山岚，是物，它是从地面上形成而飘起的，而不是由天上降下的。但因为歌词并不是学术论文，更需要用美的字句去形容感情，所以"天青色等烟雨"就这样定调了。

这首《青花瓷》的歌词中使用了较少出现在流行歌词中的词语，分别是——青花瓷、宣纸、汉隶、宋体、芭蕉以及惹这个字。前文已经跟大家分享过歌名的由来——从"青铜器""汝窑"，一直到"青花瓷"才定稿，而且"青花瓷"只当歌名使用，从头到尾并没有出现在歌词中，不像《东风破》《发如雪》《菊花台》以及《烟花易冷》，它们是歌名，也是歌词的一部分。这是一种创作技巧，整首歌的概念是围绕着"青花瓷"，但歌词段落里却没有硬生生置入"青花瓷"。虽然"青花瓷"并没有放在词句中，但我将其特性与概念体现在其他歌词段落里——如"素胚勾勒出青花笔锋浓转淡""色白花青的锦鲤跃然于碗底"这两句便是形容瓷器的制造过程与外观特色。

　　再来聊"宣纸"，宣纸最早可考的历史典故可上溯至唐代，《新唐书·地理志》里便提到宣州出产贡纸，便是指宣纸。宣纸在中国已有一千多年的历史，因生产于宣城的泾县而得名。宣纸最重要的原料是青檀树皮，由于宣纸的质地绵韧洁白，入墨性强，而且不变色，被称为"纸中之王"或"纸寿千年"。《红楼梦》里的雪浪纸，其实也是宣纸的一种。早在明代嘉靖年间，宣纸就远销欧洲，以品质佳闻名中外。虽然现今印刷术发达，但传统的书法艺术也一直传承至今。

　　还有歌词中的"汉隶"一词，隶书起源于秦代，相传是秦人程邈整理而成的，程邈因罪入狱，因为当时服劳役的狱囚叫徒隶，所以他整理出来的文字也就被称为隶书。隶书名称的另一个由来，则是因为在公文行政上篆书有其缺陷。在我看来，汉隶是秦篆的简体字，在许慎的《说文解字》里有一个相关的记载，他写道："……秦烧经书，涤荡旧典，大发吏卒，兴役戍，官狱职务繁，初为隶书，以趋约易。"其中所说的兴役戍，役是兵役的役，戍是戍守的戍。隶书主要就是将篆书圆转的笔画改为方折，便于在木简上书写。到了汉代隶书越来越成熟，也更为扁平，使用更广泛，因而称为汉隶。汉隶在中国书法史上占有非常重要的地位，隶书在东汉时期达到了一个最高峰，所以书法界有个词叫汉隶唐楷。

　　接着我们聊"宋体"，宋体是应雕版印刷术的需要而发明出来的印刷字体。当北宋败于金后，南下的皇室朝廷为了翻印留在北宋的书籍，在首都临安（现在的杭州）皇城附近的市街上出现了许多坊间的书商，他们印刷出来的书的字体便是仿宋体。

后来这些在临安印刷的书籍在明代被大量翻印时字体开始出现变化，字的横竖被直线化，有比较固定的粗细变化，到了明代万历年间，已是现今成熟稳定的宋体字。宋体字的产生和流传是中国书法与雕版印刷术互相融合的结果，上承中国书法的历史精髓，下开汉字规格化的源头。由于宋体字的结构严谨，字形方正，字末端有字脚，并具有横平竖直，横细竖粗，笔画有棱有角却又秀气的特点，让人阅读时不会感到吃力，也被广泛用于书籍与报纸杂志的印刷。

接着聊的是"芭蕉"。芭蕉其实应该是古代文人雅士颇为偏好的一种观赏植物，常出现在诗句中。如清代的文人蒋坦与他的夫人关秋芙就留下了一段跟芭蕉有关的佳话，因为蒋坦在自家宅邸里面种了很多芭蕉，突然有一天拿了一片芭蕉，就随手写下"是谁多事种芭蕉，早也潇潇，晚也潇潇"。关秋芙对了一句："是君心绪太无聊，种了芭蕉，又怨芭蕉！"还有宋人蒋捷《一剪梅》里也有写道"流光容易把人抛。红了樱桃，绿了芭蕉"，以及李清照的《添字采桑子》里面有"窗前谁种芭蕉树？阴满中庭。阴满中庭，叶叶心心，舒卷有余情"。李煜知名的《长相思》里面也有"秋风多，雨相和，帘外芭蕉三两窠。夜长人奈何？"这些诗句都具体地描述了芭蕉这种植物，也为芭蕉增添了一些文人气息。

接下来聊的是"惹"这个字，惹这个字在歌词中的用法，是我从六祖慧能那首著名的偈语中找到的灵感。这首偈语写道："菩提本无树，明镜亦非台。本来无一物，何处惹尘埃。"

我从中受到了一些启发，因为"何处惹尘埃"，其实也可以写成"何处沾尘埃"，或"何处染尘埃"。但是因为沾和染的词义都没有惹来得强烈，沾和染只是表达与事物接触的意思，但惹这个字却有不请自来的招惹之意，主动性很强，比较具侵略性与戏剧性。因此我用"门环'惹'铜绿"，而不用"门环'染'铜绿"，"而我路过那江南小镇'惹'了你"也不用"而我路过那江南小镇'遇见'你"，是同样的道理。其实在南拳妈妈的《花恋蝶》里，我也用过惹这个字来形容我想要达到的意境。在第一段歌词中有"幽幽岁月，浮生来回，屏风惹夕阳斜"。我用"屏风惹夕阳斜"来表示黄昏，因为屏风的阻挡，致使照进室内的光线倾斜，而不用较直白的"屏风遮夕阳斜"，也是这个道理。

再跟大家分享一下我对"篱外芭蕉惹骤雨，门环惹铜绿"

这整段歌词的散文表述。

一场大雨后满园翠绿，空中充满湿润的水汽，芭蕉叶上滚动着晶莹的雨滴，此情此景最是诗意。还有历经朝代更迭，饱受岁月风霜后，门环依旧镶嵌在门板上，只是多了一些锈蚀斑驳的铜绿，最富古意。

在这里我先用"篱外芭蕉惹骤雨，门环惹铜绿"这段文言文式的诗句以景入情，然后再承接较为白话的下一句"而我路过那江南小镇惹了你"为对仗。因为芭蕉与门环都是静态的实物，只能被动地等待骤雨，等待岁月侵蚀后慢慢氧化的铜绿。但人称代词的"我"却跟芭蕉与门环不一样，因为我是可以自由移动的，于是我偶然经过江南小镇，邂逅（惹）了你，并不是被动地等你，而是主动地去认识你。所以虽然同样都是用动词"惹"，但其主动性与被动性却迥然不同。而且在这段歌词里，我一连用了三个惹字，字义相同，用法却不同，饶富趣味。

总之这首歌写得颇为辛苦，或者说很有成就感。因为我常常字字斟酌，句句推敲，通篇的词句，真可谓达到了"增一分则太肥，减一分则太瘦"的境界，但最终的成果却很让我有成就感。

这首歌词的创作背后也有不少小故事，当时《青花瓷》创作完成后，公司为专辑前三拨主打歌写新闻稿，要讲述一下创作的理念和想法。当时公司宣传部门的员工打电话问我歌名叫什么，我讲出《青花瓷》后，电话那边半天没有回响，我很纳闷——奇怪了，我又不是讲《青铜器》，或者是《汝窑》，这两个歌名你可能不知道新闻稿该怎么写，为什么听到《青花瓷》，电话那一端的回应也吞吞吐吐？后来在一来一回的沟通了解后，我才知道原来他把"青花瓷"听成"青蛙池"，他想我一定有我的寓意，比如用青蛙池象征爱情，青蛙一跳一跳，可能代表爱情的不同阶段，就是第一跳可能是热恋，然后再一跳，可能是交往，然后再一跳，可能是吵架，再一跳可能是争执，然后再跳，可能是分手，最后扑通跳下水，可能代表爱情的结束……他想我取名字应该不会乱取，所以取名叫《青蛙池》一定有我的道理。

另外，著名收藏家马未都老师，在看过 2008 年杰伦在春晚演唱《青花瓷》后指出，《青花瓷》歌词中出现两个谬误，其中他认为颇为严重的一句是"在瓶底书汉隶仿前朝的飘逸"。他说青花瓷自诞生之后就迅速成为中国瓷器的霸主，七百年来无人能撼动其地位，但是瓶底从未被书写过汉隶，显然作词人，也就是我，并不太懂瓷器。另一个错误则是"临摹宋体，落款时却惦记着你"。他认为这句歌词的错误之处在于宋体落款仅见于康熙、雍正、乾隆三朝的珐琅彩瓷器，也就是说宋体字只出现在珐琅彩瓷器上。青花瓷上从没有被落款或书写过宋体字。他表示，"在瓶底书汉隶仿前朝的飘逸"这里的汉隶应该改为小篆会比较合适。因为清代以前的青花瓷，它的落款大都为楷书，而乾隆以后，青花瓷瓶底上面就只书写小篆。

几年后，在湖南卫视《零点锋云》的座谈中，我有幸与马未都老师同桌闲聊文化与时事，其间我首度跟马老师解释了他指出的两个谬误。

首先我承认我不是古玩字画藏家或者是鉴赏家，关于瓷器的知识也不够渊博。但是我也强调了歌词作品并不是学术论文，它是通俗文化的一种，所以没有用很严谨的学术心态去创作文学作品。

当时我还提出了副歌的第一句"天青色等烟雨"里面的天青色其实也是一个错误，因为天青色是汝窑的专属色，色白花青色才是青花瓷，我的意思是"在瓶底书汉隶仿前朝的飘逸"，因为有"汉"这个朝代的名称，所以后面那句"仿前朝的飘逸"就成立，如果我在歌词里面写，"在瓶底书行书"或"书草书"，歌词的咬字不好唱，而且篆书或者是小篆也不够优美。另外"临摹宋体落款时却惦记着你"其实也是一样的意思，因为"宋"是朝代的名称，所以我就是把这首歌创作的时空背景拉得很长很宽，这是创作的文学考量，而不是从考据事实的角度去创作歌词。

兰亭临帖　行书如行云流水
月下门推　心细如你脚步碎
忙不迭　千年碑易拓
却难拓你的美
真迹绝　真心能给谁

牧笛横吹　黄酒小菜又几碟
夕阳余晖　如你的羞怯似醉
摹本易写　而墨香不退与你同留余味
一行朱砂　到底圈了谁

无关风月　我题序等你回
悬笔一绝　那岸边浪千叠
情字何解　怎落笔都不对
而我独缺　你一生的了解

（rap 无关风月　我题序等你回
悬笔一绝　那岸边浪千叠
情字何解　怎落笔都不对
而我独缺　你一生的了解
无关风月　我题序等你回
悬笔一绝　那岸边浪千叠
情字何解　怎落笔都不对
独缺　你一生了解）

弹指岁月　倾城顷刻间湮灭
青石板街　回眸一笑你婉约
恨了没　你摇头轻叹谁让你蹙着眉
而深闺　徒留胭脂味

兰亭序

收录于《魔杰座》

作于 2008 年

曲／周杰伦

人雁南飞　转身一瞥你噙泪
掬一把月　手揽回忆怎么睡
又怎么会　心事密缝绣花鞋针针怨怼
若花怨蝶　你会怨着谁

无关风月　我题序等你回
悬笔一绝　那岸边浪千叠
情字何解　怎落笔都不对
而我独缺　你一生的了解

无关风月　我题序等你回
手书无愧　无惧人间是非
雨打蕉叶　又潇潇了几夜
我等春雷　来提醒你爱谁

关于《兰亭序》这首歌，跟大家讨论的有两大议题：一是音乐本身的专业讲解，二是跟书法有关的分享。众所皆知，《兰亭序》乃书圣王羲之的天下第一行书。所以在此讨论与书法相关的文化议题，也就再理所当然不过了。

首先，我们来聊音乐方面的编曲与作曲。这首《兰亭序》是由钟兴民老师编曲，前奏的二十五秒，是以二胡为主，先缓缓地拉出《兰亭序》副歌的主旋律，再配合节奏鼓，弦乐在后。一般而言，用二胡作为主配乐器，很容易使歌曲显得苦情，但这首歌音域跨度比较大，旋律较为高亢而华彩，因此用二胡作为主配乐器出来的听觉感受，效果不仅不苦情，反倒显得凄美。

在第一段配唱时，则改用钢琴铺底，辅以具东方古典感的小鼓来营造节奏感，使歌曲轻盈不沉重，再以弦乐穿插其中，接着用锣声进入副歌，更显出音乐上的张力。在间奏时以二胡作为主配乐，弦乐当背景，周同学念了一段很特别的中国风的饶舌。第二段与最后一段的编曲，大致和第一段类似，区别是鼓的节奏开始有比较稳定的拍子，以重鼓来强调后面副歌的一个高潮。总体而言编曲很沉稳，没有刻意使用过于花哨的技巧。这首歌的编曲乐器有二胡、小提琴、中提琴、大提琴、钢琴，有东方音色的鼓和架子鼓，还有锣。

这首歌是周同学少有的最后一遍副歌没有转调的创作，整首歌是非常纯正血统的五声调式，没有用到一个 fa 跟 si。

第一段以 mi 音开头，整段旋律跟《青花瓷》的曲式开头跨度不一样，《青花瓷》是在一个八度内，而《兰亭序》则是两个八度，因此，作曲的规律比《青花瓷》复杂得多。同样地，在演唱上难度也更大，一开始就涉及了两个八度，是音域不好把握的一首歌。当然啦，这对周同学而言，称不上是什么困扰。《兰亭序》第一段副歌在两个八度音中来回地穿梭，副歌最高音则是一个 la，算是把两个八度内的五声调式全都用上了。相较于《青花瓷》，这首歌算是周同学较为难唱的歌之一，这首歌的间奏，熟悉的周氏儿化音的 rap 又出现了。上一次是《发如雪》里面的儿化音，但这一次已经完全形成周式风格，一种极其熟练的中式 rap，形成独特的演唱方式，隐约又带点京剧的味道，使得这首歌在凄美中带着东方的时尚感。

五声调式听起来比较明亮，但周同学却把明亮的五声调式，写出半音阶的小调凄美之感，确实是天赋异禀，具有自己的音乐思维体系，将"常规"转为"独特"。五声调式，也是我常讲的五声音阶。它是由 do，re，mi，sol，la，也就是宫商角徵羽所组成。它与西方乐器最大的不同就是没有 fa 跟 si 的音。因为五声调式本身是五个正音，在音乐理论上来讲是五个全音音阶，而 fa 跟 si 则是半音音阶。这五个正音（或者说全音）在中国古代，其实分别对应很多事物，譬如五行、五色与五味。五行指的是木、火、土、金、水；五色指的是青、赤、黄、白、黑；五味指的是甜、酸、苦、辣、咸。我想这大概是因为古人凡事总想理出一个头绪，然后设定一个规矩，将宇宙万物彼此间的关联，都给予哲学式的连接和对应，才可以比较安心吧。

接着我们来聊聊书法吧。全世界，大概唯有中国人这么重视历史文人的手稿。你很难想象一个中古世纪英格兰作家的手抄稿，会让整个英格兰民族千百年来倾全民族的洪荒之力，加以研究、赏析、赞叹，甚至做成教材与文创商品。而王羲之的手稿是汉字书法作品，它并不是简单的手写稿，这便是汉字书法的魅力。

在此顺便跟大家分享的是，一直以来我都有将汉字书法发

得学习书法是一件很酷很践很炫的事，那就必须以年轻人的语言来表达，也因此，以在通俗文化中颇具影响力的偶像剧或者是网络剧去营销与推广书法艺术，我认为将是未来无可争议的一个决定！刚刚说到用通俗文化去推广艺术。那什么是通俗文化呢？简单地说，就是第一时间能看懂、听懂、读懂，不需要专业技能和证照，也不需要任何知识门槛的文化事物，这就叫作通俗文化。比如小说、电视、电影、戏剧、网络剧，还有流行音乐与线上游戏以及漫画等。

书法艺术在中国传统文化里是相当重要的文化元素，汉字书法所体现的不仅仅是文字内容，还包含了绘画艺术。但长久以来，书法艺术仅作为平面、静态的艺术展示。一般而言，坊间书法展无非就是将挑选过的书法作品静态地陈列在美术馆里供大家观赏。此种书法固有的陈列方式，造成作品与观赏者之间缺乏直接的互动。因此，我想借由戏剧形式的镜头语言，去重新诠释书法的魅力，突破传统书法的书写表现，然后在观众的观看体验中留下深刻的印象，不再对书法艺术感到疏远，延伸书法在这个时代的生命力。

书法是汉字书写的极致艺术，在世界绘画史上，它是独特的视觉绘画艺术，也是中华文化中相当重要的"养分"。书法在中国古代已是一门很成熟的艺术，是琴棋书画四艺之一，被誉为"无言的诗，无形的舞，无图的画，无声的乐"。

　　唐代书法家张怀瓘在《书议》中称书法是"无声之音，无形之相"。他所谓的"无声之音"指的是书写章法的对称、穿插、呼应、断连，犹如一首旋律优美、动人心魄的乐曲。

　　在书法作品里，墨色的浓淡，字形的曲直，以及运笔的流畅度，书写的规律与变化，还有书法字体在整个书写空间里的书写美感及形式等，都可作为鉴赏书法艺术的一部分。因此，欣赏书法不仅有表现美——境界美、风格美、绘画美；还有内在美——结构美、墨色美、线条美。

　　书法艺术对民族复兴而言，是极其重要的。正所谓语言文字是一个民族文化上的根，汉字书法则是中国人的灵魂。"书法"这一名称，其实是唐代以后才确立的。何谓书法？以笔蘸墨于纸上运笔书写之形式与法则，谓之"书法"。"书法"这一名词，日本谓之"书道"，韩国则名"书艺"。其实"书艺"与"书道"之称皆为中国唐代以前的书法名称，后因唐人尚法，为强调法度以利于文字规范和传播，始改称"书法"。今人多误以为"书道"为日本独创之书法称谓，其实日本古代称书法为"入木道"或"笔道"，直至江户时期"书道"这一用语才确定下来，并沿用至今。以后如想将"书法"称之为"书道"时，就大方地使用，不用担心会被误以为使用了日本的书法专有词。

下面为大家介绍三幅名帖，分别是——《上阳台帖》《兰亭集序》以及《平复帖》。这三幅书法作品在书法史上占有极为特殊且无可取代的地位。

第一幅是李白的《上阳台帖》。此帖为诗仙自咏，也是其唯一传世的书法真迹。此帖完成于唐天宝初年（742—744年），其原文为"山高水长，物象千万，非有老笔，清壮何穷。十八日上阳台书，太白"。

此字帖引首有清高宗以楷书题"青莲逸翰"四字；正文右上为宋徽宗以瘦金体手书"唐李太白上阳台"一行；顺带一提的是，这里的"阳台"不是指房间的阳台，而是指一个道馆的名字叫阳台。

除了这两位皇帝的墨宝御印外，一千多年来，这个字帖上还盖满了宋、元、明、清等历代文人藏家之收藏印，堪称华夏民族之稀世珍宝，现藏于北京故宫博物院。

第二帖是《兰亭集序》，又名《兰亭序》。大家都知道，此帖为东晋王羲之所作，有"天下第一行书"的美称，被历代书法界奉为极品、圣品。上有唐、宋、元、明、清各代钤鉴藏印一百八十余方。全帖共计三百二十四个字，其中的二十一个"之"字，有二十一种写法，各具风韵，皆无雷同。现存《兰亭集序》为唐朝冯承素的双钩廓填法的摹本，史称神龙本。纵使现存《兰亭集序》非真迹，但距今也已有一千三百多年，所以《兰亭集序》被称作国宝相信也是没有人质疑的。

第三帖为现存传世年代最久远之名家法帖《平复帖》，为晋代陆机唯一书法孤本，是麻纸本墨迹，也是传世年代最早的名家法帖，距今一千七百多年，它是历史上第一件流传有序的法帖墨迹，有"法书之祖"的美誉。此帖笔意婉转，风格平淡质朴，字体为草隶书，它是隶书发展过程中的字迹标本。

其实《兰亭序》的歌名，如果按流行音乐的取名惯例，应该是从副歌的第一行里面去找，因为副歌的旋律通常在整首歌中最具记忆点，而主歌的功能则是在铺陈和酝酿，所以主歌的旋律感，相对副歌而言比较平，音乐上的起伏也没有副歌来得大，这是流行音乐与古典音乐在演奏形式上最大的不同。因为流行音乐主要是催化与勾起听者的情绪，进而在聆听音乐时产生情感的共鸣。这样的创作模式，优点在于能在短时间内为人所记忆，其情感的感受强烈，听歌者借由听觉将音乐与情感紧密地联结，进而随着音乐在脑海中产生或悲伤、或欢乐、或怀念的情感连接。

流行音乐的魅力即在于此，一首被特定族群认同的歌，可以让他们在聆听音乐的当下，产生相同的价值观与社会记忆，以及情感的认同。如果以文学创作来比喻的话，流行音乐犹如通俗小说，而古典音乐则是隽永的诗。通俗小说引人入胜的情节，能让人废寝忘食地读完，但容易腻。一般而言，绝大多数读者不会将同一本小说一读再读，但如诗般的古典音乐永远不退流行，像莫扎特与贝多芬，他们所创作的奏鸣曲、协奏曲、交响曲距今也都两百多年了。

如前文所说，一般流行音乐最制式的命名，就是以副歌第一行的关键字当歌名，譬如《东风破》的"谁在用琵琶弹奏，一曲东风破"；《发如雪》的"你发如雪凄美了离别"；《千里之外》的"我送你离开，千里之外，你无声黑白"；还有《菊花台》的"菊花残，满地伤，你的笑容已泛黄"，这些都是标准的取名范例，将副歌歌词里的关键字"东风破""发如雪""千里之外"直接用来当歌名。而《菊花台》则是将"菊花残"小修一个字添加个台字，道理是不变的，此类的例子还有《爷爷泡的茶》《双截棍》《上海一九四三》等。

但关键字不一定非得落在副歌，譬如《烟花易冷》里的"烟花易冷，人事易分，而你在问，我是否还认真"，以及《本草纲目》里的"听我说中药苦，抄袭应该更苦，快翻开本草纲目，多看一些善本书"。以上举例的这些歌名，它的词意来源，都不是在副歌的段落。

还有另外一种取名方法——"概念式"取名，譬如《青花瓷》与《乱舞春秋》这两首歌，从头到尾"乱舞春秋"与"青花瓷"都没有出现在歌词的任何段落。但《青花瓷》的概念或者说瓷器的概念，已经融在歌词中。至于《乱舞春秋》的歌词，则是在讲述东汉末年三国鼎立的纷乱时代，我将"春秋"结合"乱舞"，歌名的含义是在讲述一个兵荒马乱的年代，也算是蛮贴切的，歌名的命名方式大致就是以上的三种。

其实若真的要挑毛病的话，《兰亭序》歌词的第一行就有问题了，"兰亭临帖，行书如行云流水"此处的兰亭很明显指的是《兰亭集序》这幅书法名帖，但书圣王羲之的《兰亭集序》是现场即兴挥毫的原创之作，哪里是临帖来的呢？不过通俗的流行音乐创作，终究并非学术论文撰写，所以也就没有那么严苛地去审视，毕竟创作需要某种程度的想象空间与自由。

这首歌词里一些关键词来自我个人的阅读记忆，可以说，多元阅读是累积创作素材的最佳方法，毫无捷径可言。

这首歌的核心概念"兰亭"，当然就是书圣王羲之的作品《兰亭集序》了，据传真迹有可能在唐高宗与武则天的合葬墓里，暂时还无缘出世，因为现在还没有发掘的条件，我们只能从摹本中一窥其奥妙与神韵。

再来是"临帖",先来解释"临摹"这个书画上的常用词,其实"临"跟"摹"是两种技法。临帖是指将欲临之书法帖放在旁边,眼观原帖上的字,直接在纸上书写出来,字迹跟原帖差异较大,是属于平面二维的作品仿制。摹写,则是用纸或绢蒙在原帖上书写,近代都是以不渗水的透明或半透明的纸,覆盖在书帖上,按照原帖的笔顺,一笔一画地摹写,成品较接近原作。而《兰亭集序》神龙本则是更高一级的双钩廓填法的摹写,冯承素对王羲之真迹《兰亭集序》的摹写,是将原帖字体的字边,先以极细笔法勾描线条,再将中间的空白处填满墨水,这种方法写出的作品最接近真迹。

歌词中还提到"行书",行书就是楷书为了节省时间的简化版,是汉字书法中的一种手写字体风格,此外还有行草,介于行书和草书之间,但文字更容易辨认。由于行书字迹优美,笔画从略,如同行云流水般流畅,所以晋朝以来,许多书法家都有兼工行书,其中最著名的就是王羲之及其作品《兰亭集序》。

"墨香"一般形容书卷散发出的淡淡油墨味或是写毛笔字时磨墨的味道。在以前,墨的主要原料是油烟、松烟、胶。古代制墨时,因为原料都是臭的,所以会加入香料,在磨墨时就会有香味。古人也说过好的墨,其色乌黑有光泽,其香如松不粘黏。现代人对墨的气味有偏好,最受欢迎的是松烟墨,是内香外不香，闻时没有香味，但在磨墨时能发出一阵阵浓郁芳香。

"牧笛"为牧童放牧时所吹的笛子，其实牧笛并不是正确的古乐器的称呼，一般称洞箫或横笛。虽长相类似，可是吹奏的方法并不相同。另外还有竹笛，竹笛和横笛都是中国传统乐器。为什么不用竹笛或者横笛呢？主要是牧童吹奏笛子时多在黄昏时候，这种声音能唤醒我们对画面的想象，在辽阔无垠的草原上，悠然的牛羊成群，让人联想到恬淡闲适的田园风光，有一种"采菊东篱下"的感觉。

刚刚说的是"牧笛横吹"，接着说一下"黄酒小菜又几碟"。黄酒是以糯米或大米、小米、玉米等谷物为原料，用酒曲和酒母做糖化发酵剂酿制而成，是世界上最古老的酒类之一。产地有中国浙江、湖北房县、江苏南通，女儿红其实也是黄酒的一种。其中绍兴酒最为知名，是黄酒中的代表。

接下来说的是"雨打蕉叶"。芭蕉有许多别名，例如：绿天、扇仙等，出现在古诗文中时主要表达孤独和离情别绪，因为芭蕉的季节性和周期性，所以还可以用来代指时光流逝，最著名的当是蒋捷的《一剪梅》。

"千年碑易拓，却难拓你的美"。拓就是使用纸和墨来摹印，是古老时期的影印方法。用来拓印碑文或图像，就可以得展成戏剧的想法，多年前已完成一部以汉字的超时空、超地域、超方言的文字特性为主轴的电影脚本，我把它暂定名为《五胡天下》，我完成它的目的，或者说使命感，就是用影像魅力去彰显汉字的文化价值。我后来亦曾构思了一部名为《书法世家》的连续剧，以民国名士张伯驹为灵感。我虚构了一个从清末民初到现今，横跨两岸的书法世家，从家族本身的历史恩怨与个人爱恨情仇中，体现出书法艺术的博大精深。我在搜集资料的过程中发现，台湾当代舞台剧大师林怀民的舞台剧《狂草》与《行草》，就是将平面静态的书法艺术转型成为动态的表演艺术，这种结合舞蹈、音乐和书法元素的舞台剧，依我看来，绝对是书法这项传统艺术跟这个时代接轨的一种表现形式。因此，我推翻已经开始构思的《书法世家》，重新企划出一部结合武术、舞蹈，还有音乐、绘画与书法等元素的新型的书法创意赛事，赛事的戏剧主轴就是以书法为铺底。我把它定义为文化偶像剧，顺利的话，不久后就会开拍，届时再跟大家透露更多的相关信息吧。

　　这部以汉字书法艺术为戏剧元素的电视剧，形式是年轻人最熟知与最能接受的偶像剧，试问如果你想让书法艺术获得最广泛与通俗的影响力，那你怎能忽视现今这个时代最具影响力的传播媒体，也就是电视与网络呢？不可能，因为现今社会的生活节奏与物质条件，远远不同于农耕时代，所以，又怎能以工业革命以前的社会条件，去推广书法艺术呢？想让年轻人觉到"碑拓"以及"拓本"。拓印在以前的做法就是在刻铸有文字或图像的器物上蒙一层纸,仔细地捶打使纹路凹凸分明,再涂上墨就能显出文字图像来。这些流传千年的古字与文明,隽永珍贵,却这么轻易地就能被拷贝,但是你的美,则是无论如何也无法被复制的。

最后跟大家解释的是,"月下门推"这句,当时我在写这句歌词时,心里浮现的典故,是唐代诗人贾岛的那首《题李凝幽居》的五言律诗。其原诗句是:"闲居少邻并,草径入荒园。鸟宿池边树,僧敲月下门。过桥分野色,移石动云根。暂去还来此,幽期不负言。"其中的"僧敲月下门"原句是"僧推月下门"。贾岛认为诗中的"推"字,用得不够恰当,想把推改为敲,但一时之间却拿不定主意。于是他边想边用手反复做着推门敲门的动作,也因为太专注了,竟冲撞到时任京兆尹的大诗人韩愈的轿子,随即被押到韩愈面前。贾岛连忙向韩愈赔罪解释。韩愈听完后深思片刻说:"敲字比较好!因为万籁寂静时,敲门声更能突显出夜深人静。"贾岛连忙拜谢,便将诗句定为"僧敲月下门"了。此为"推敲"一词的由来。

天青色等烟雨

屋檐如悬崖　风铃如沧海　我等燕归来
时间被安排　演一场意外　你悄然走开
故事在城外　浓雾散不开　看不清对白
你听不出来　风声不存在　是我在感慨
梦醒来　是谁在窗台　把结局打开
那薄如蝉翼的未来　经不起谁来拆

我送你离开　千里之外　你无声黑白
沉默年代　或许不该　太遥远的相爱
我送你离开　天涯之外　你是否还在
琴声何来　生死难猜　用一生　去等待

（rap 闻泪声入林　寻梨花白　只得一行青苔
天在山之外　雨落花台　我两鬓斑白
闻泪声入林　寻梨花白　只得一行青苔
天在山之外　雨落花台　我等你来）

一身琉璃白　透明着尘埃　你无瑕的爱
你从雨中来　诗化了悲哀　我淋湿现在
芙蓉水面采　船行影犹在　你却不回来
被岁月覆盖　你说的花开　过去成空白
梦醒来　是谁在窗台　把结局打开
那薄如蝉翼的未来　经不起谁来拆

千里之外

收录于《依然范特西》

作于 2006 年

曲／周杰伦

：

我送你离开　千里之外　你无声黑白

沉默年代　或许不该　太遥远的相爱

我送你离开　天涯之外　你是否还在

琴声何来　生死难猜　用一生

我送你离开　千里之外　你无声黑白

沉默年代　或许不该　太遥远的相爱

我送你离开　天涯之外　你是否还在

琴声何来

生死难猜

用一生　去等待

这首我与周同学所创作的《千里之外》是由林迈可老师编曲，迈可老师编曲的精髓在于能将乐器的节奏带入任何指定曲风的歌词中，再进行编排与搭配，《千里之外》自然也不例外，因为他掌控力十足的编曲能力，以及超稳定不浮躁的节奏，使《千里之外》在洋溢着中国风的同时，又显得很特别，换言之，就是精准混搭。

这首歌开头有连续七秒的风铃音效，带来一种草原上有微风吹过的摇曳感，同时又有一种回到过去，将故事序幕拉开的画面感，林迈可老师的功力在于可以运用最少的乐器简洁利落地制造画面感。八秒开始就是鼓、扬琴和二胡的进入，浓郁的中国风顷刻笼罩，使节奏更突出。

　　再来是第二十四秒的地方，开始进入配唱。他用了淡淡的钢琴音色当衬底，配乐的乐器使用得少，反而突显了 vocal。他还在每一句结尾加入一种合成音色充当"逗号"，去切分每一句配唱。唱到"你听不出来，风声不存在"的时候，再加入扬琴的音色点缀，在"梦醒来是谁在窗台"进入明显的鼓点节奏，加上古筝的摇指衬底，同时加上钢琴的 solo。副歌部分，轮到费玉清演唱时，加重鼓点，用意在制造旋律的高潮，原先的编曲配乐没有变，依然是鼓、二胡、扬琴、古筝，唯一不同的是，前面古筝的摇指变成了似有若无的弹拨。

　　第一遍副歌结束后，就进入间奏的 rap，这种转换让这首歌在中国风中又带着些许现代感。节奏的鼓此时起到了最佳效果，虽然词意里的中国风韵味没变，但 rap 的唱腔改变了。就我的观察而言，早期周同学的中国风可能偏向于节奏 R&B，后来则是中国风里夹带一小段 rap，而后又慢慢演变成纯五声音阶的中国风，最后以上三种曲式交替出现，创作上不拘泥于一派。这首《千里之外》就编曲而言，给予聆听者沉静和娓娓道来的听觉想象，这便是林迈可的功力——运用编曲的想象力和对乐器的精准掌控，以最少的配乐突出主旋律，形成音乐故事的画面感。

　　小聊一下周同学的作曲，这首歌的作曲结构相比周同学其他的创作比较内敛，曲风偏传统，值得一提的是"梦醒来，是谁在窗台，把结局打开”，一直到副歌为止，这一整段的和声变化颇为戏剧性，让人乍听之下以为有转调，这巧妙的和声变化，能将音乐的情绪延伸，其效果颇有“曲径通幽处”的感觉，给人一种蜿蜒曲折的画面感，这是一种叙事性的音乐线条，能够潜移默化地牵引出听者的情绪。

至于配唱部分，不得不说找费玉清老师参与这首歌的演唱，是周同学的神来之笔。一般而言，对唱形式的歌曲，绝大多数为情歌，少部分是友情或亲情。情歌的对唱，通常都是男女声，但这首歌，却找来费玉清老师，他特有的古典音唱腔加上周同学偏 R&B 与现代流行的唱法，将小情小爱的故事格局拉高拉宽，使这首歌的词意和叙事性更加辽阔，有一种隔着时代对话的感觉，像是同一个人经历了几十年的孤独回忆，让人咏叹感怀，又不流于通俗的悲伤。而且在现代感的 rap 后，紧接费玉清的古典唱法，瞬间将情绪整个拉回来。这样来回游移的音乐创作，在乐坛实属少见，也是这首歌另一个出彩的地方！

前面几章中我们讨论过，歌词故事数据汇整，还有新诗与歌词的差异，在这里跟大家分享几个创作故事。像电影、电视剧、在线游戏，或企业形象歌，这种项目的创作诉求很明确，就是要凸显项目主题以及该主题的关键词，这样的主题式创作，都需要先汇整数据，或消化对方给的策划文字，下面举几个例子说明一下。

我帮《武媚娘传奇》写了片尾主题曲《无字碑》，由张靓颖演唱。在看完戏剧故事后，我就将乾陵的无字碑，直接拿来当歌名。因为无字碑跟武则天的关联性非常强，所以歌词里面写道"恩怨情仇，怎堪数，帝王家，终究是不归路"，以及"玄武，兵变沧桑，马蹄声声乱，这祸起萧墙，不忍看"，还有"无言，立下无字碑，眼带着泪，当初，那个轻唤媚娘的谁，是我，永世的霜雪"等，这些词意的针对性很强，就是在述说武媚娘的一生。

再来是两部电影的例子，这两部电影都是由张艺谋导演所执导的，一部是《满城尽带黄金甲》，由周润发、巩俐，还有周同学出演；另一部是《长城》，由刘德华、景甜、王俊凯出演。先说《满城尽带黄金甲》，当初写的时候，我先看了电影片花，对皇城内铺满极具肃杀之气的菊花印象深刻，于是写下"菊花残满地伤，你的笑容已泛黄，花落人断肠，我心事静静躺"，还有象征战争画面的"谁的江山，马蹄声狂乱，我一身的戏装，呼啸沧桑"，最后在取歌名时，我就将"菊花残"改成了"菊花台"，这样想象空间会比较大。《长城》这部电影的主题曲叫《缘分一道桥》，当时跟作曲人王力宏讨论这首歌时，他特别提到张艺谋导演要求将盛唐时期王昌龄所写的著名边塞诗写入歌词——"秦时明月汉时关，万里长征人未还，但使龙城飞将在，不教胡马度阴山。"王力宏的 demo（小样）带里，就已将这首《出塞》唱进去，所以我在填词时，就依照这首《出塞》的结构重填了两遍歌词，分别是"狼烟千里乱葬岗，乱世孤魂无人访，无言苍天笔墨寒，笔刀春秋以血偿"，再一段是"血肉筑城万箭穿，盔甲染血映月光，远方胡笳催断肠，狼嚎骤起震边关"，歌名则是来自副歌一直重复唱的记忆点。

再来聊两首专案歌词，一首是 2017 年淘宝造物节的主题曲，另外一首是 2018 年阿迪达斯的年度广告曲。淘宝造物节的主题曲是"奇市江湖"，我把项目策划内的关键词，全都置入歌词中，比如副歌"在这奇市江湖，造物的国度，沸腾着艺术，想法清楚，玩原创神物，我们不屑套路，时尚武林反骨，我来做主"，还有跟造物节相关的商区划分我也写入了歌词里面，如"往东市走了几步，潮流被我们解读，转西市培养气质，看水墨插图，在南街停下脚步，这虚拟现实起雾，最后逛北街体会，装置艺术"。阿迪达斯的年度歌曲由萧敬腾演唱，歌名为《獒天下》，因为 2018 年是狗年，所以他们策划的主题是以獒犬的特性来做象征。这首歌比较特别之处在于：我在 A1 的地方，将《孙子兵法》《道德经》融入歌词里面。第一遍的 A1 歌词是"疾如风，其徐如林中，侵掠如火攻，不动如山峰乱世中，恨透了平庸，让史册，去背诵，我的梦"。第二遍的 A1 歌词是"道可道，红尘非常道，话说名可名，非常名，世事随浪潮剑出鞘，令江山飘摇，我马蹄横扫，名利潦草"。然后在副歌的地方，再将策划关键词"獒犬"置入歌词中，"獒天下咆哮，战鼓敲我刻下忠字，爱恨烧走天涯，过断桥，为义抽刀恩怨了，任狼烟冷笑，我不逃，旌旗飘，血战袍勇者无惧我来熬，信守着王道，苍生笑"，歌词中的忠、勇、义、信，也都是此次营销的关键词。因为这首歌的MV与篮球结合，所以我又在rap的部分将篮球的概念置入歌词文字中，如"我关起门来狂练，让谁饮恨握拳，霸气灌篮瞬间，天地风云骤变，篮下禁区危险，轰碎篮筐重演，由我创造经典"。可以说，这首歌很难写，方方面面都得兼顾，但在创作上也很有成就感。

除了刚刚举例的歌词项目创作，其他需要收集资料的歌词范例还有很多，像《上海一九四三》《爱在西元前》《烟花易冷》《青花瓷》，这些也都需要在创作前，就先搜集与汇整资料。虽然这些不是所谓的影视或活动项目歌词，但因为词意内容均有一个相对较明显的历史背景与典故由来，所以我也都会在创作前，先收集相关的资料，某种程度上是将歌词当成剧本在创作。此部分的细节我们可以后面再来分享。

流行音乐的歌词是为旋律服务，所以必须要通俗化，这是第一原则。大家如果对歌词创作有兴趣，不妨记一下这个简单的口诀：一原则，三元素，五结构。

在此我们先来谈谈所谓的一原则，即歌词是为情感服务，因为我们歌词创作者服务的对象是听歌以及唱歌的普罗大众。所以，不能像纯文学的作词一般，只注重文字本身的含义。流行音乐的歌词必须通俗化，这是第一原则。创作歌词可以成为一种职业，作词人是流行音乐这个行业中一项专业的职业，但诗人通常却只能是一种身份，而非一种普遍的工作类别。诗人可能是中学老师、大学教授、出版社编辑、新闻媒体记者、小说家、书法家，甚至是单位员工，或者所谓的文艺青年以及当代艺术家。他们有一个专业的工作，诗人是身份，而不是职业。歌词服务的是听歌的人与唱歌者的情感，但诗只是服务私人情感，而且因为歌词与音乐结合，再经由歌手演唱，借由网络平台的推广与营销，甚至搭配电影、电视剧、网络剧被传唱，其作品的覆盖范围与影响力，根本就不是诗可以抗衡的。诗集只能很被动地、安静地躺在书店，等待读者去翻阅与购买。举个例子，你过生日呼朋唤友办庆生活动，通常就去KTV高歌一曲，直截了当地宣泄情感，几乎不可能有人生日时买本诗集，然后要朋友陪他朗诵以此庆生。所以，切记，歌词创作首先要注意的事情就是刚刚提到的一原则，歌词是为情感服务，所以必须要通俗化。

我们再来聊聊歌词创作的五结构，所谓的五结构，指的是歌词创作的语法结构，分别是画面、态度、情感、情绪以及故事线。

画面就是指歌词文字里的名词，像路灯、咖啡馆、城市、地下铁、校园、书店、汽车、手机等。歌词需不需要有画面感？当然需要。具备画面感的歌词，会塑造歌词故事的具体空间。譬如这段感情是在哪里发生的？在哪里悲伤或者是快乐？这个场合是中学的校园，还是转角处的咖啡馆，或者是熙来攘往的地下铁，甚至午后躲雨的走廊……把歌词故事的环节具象地描述出来，会让歌词小说化，因为除了人物侧写外，还有场景描述，有时这些场景，就是歌词故事的主舞台。这样的文字，会给词意增加景深，让它更具象。

再聊聊态度，歌词的态度是指观点与理念，还有情感上的主动与被动。歌词里一定要有态度，你想要什么，或者是想放弃什么，也或者干脆不说清楚，因为暧昧也是一种态度。

再来是情感，此处的情感可理解成歌曲的情感类别。换句话说，就是这首歌是悲伤的或快乐的，是沮丧的或兴奋的，是三角恋爱，是暗恋，或是在追忆一段逝去的恋情。一般而言，流行音乐的词意内容所描述与关注的，不外乎爱情、友情、亲情。特别是爱情歌，又占了大多数，所谓"情歌不死"，这部分的比重与主轴要对，不能明明是写三角恋爱的歌，又花费了不少篇幅在写暗恋，或悲伤凄美的歌词，突然又安插了几段偏阳光的词句。

再谈谈情绪，情绪是很细腻的，它跟情感不同，情感是大方向，而情绪则是在大方向里面去仔细雕琢情感，去细细描绘感情的变化，譬如"用小指打勾勾""嘴角浅浅的微笑"或"泪在眼眶里打转"，这些细节需要生活上的观察与写作时的想象。有时一句原创性高的词意细节，会让整首歌加分，更能体现出创作者的文字功力。所谓的原创，就是创作别的创作者没有使用过或想到的字句。刚刚举例的那三段，其实原创性并不高，那什么是原创性高的情绪用字呢？后面再跟大家举实例说明。

最后跟大家分享的是五结构里的故事线，歌词的故事线要前后呼应，要上下一致。我说的一致是情感上的一致，情绪用字要统一。最佳的方式就是主歌先铺陈故事内容与交代背景，画面感要强，然后副歌以细腻的情绪用字精准地去表达出主题。情感是悲伤的吗？是快乐的吗？请仔细地描绘故事情节。还有一点，就是副歌的第一行是整首旋律里面记忆性比较高的段落，所以最好是以一段原创性比较高的话来当作这首歌的第一个记忆点。

当初这首《千里之外》取名字的时候，我脑海中首先浮现了一个画面，就是中国传世十大名画之一的《千里江山图》。虽说《千里之外》的歌词词意，跟《千里江山图》没有直接的关联，但取名字的时候"千里"这个词就在脑海中盘旋。这幅《千里江山图》，跟我们一般人印象中的泼墨山水色调差异很大，虽说都是写意画作，但《千里江山图》是青绿山水，而非泼墨山水。泼墨山水一般都是以墨色的浓淡干湿来表现景色，但这幅《千里江山图》却是以青绿色来表现，创作者是北宋时期年仅十八岁的王希孟。他在十几岁的时候就入读皇家翰林书画院，后来成为宫廷画师，并且得到宋徽宗的亲自教导，有兴趣的网友可自行去搜寻其相关资料。更传奇的是，少年王希孟，用了半年的时间完成这幅名垂千古的鸿篇巨作后，不久就早逝了，实在是很戏剧性。

《千里之外》这首歌，某些段落的歌词又是受了什么影响而创作的？我最想举例的就是这句"闻泪声入林，寻梨花白，只得一行青苔，天在山之外，雨落花台，我两鬓斑白"。它的创作灵感其实是来自于"空山不见人，但闻人语响。返景入深林，复照青苔上"。我在学生时代读过王维的这首《鹿柴》之后，对里面所描写的意境实在是印象深刻。所谓画中有诗，诗中有画，之所以喜欢这一首诗，是因为我很喜欢青苔。青苔对我而言，有两个含义，一个是岁月感，另一个是微型草原。因为青苔无法速成，非得一段时间的雨水浸润浇灌，才能长成，特别是青苔附着在屋瓦、墙垣、石碑上，总是特别有岁月沧桑之感。又因为青苔很微小又整齐，每每在雨后巷弄的墙脚，瞥见翠绿的青苔，我总会想象那是一片微型草原。"空山不见人，但闻人语响。返景入深林，复照青苔上。"这首诗很有画面感，"独自在幽静空荡的山谷之中，却隐约仿佛听见远方有人在交谈。此时夕阳余晖，斜射入密林深处，将翠绿的青苔照映成一片金黄。"

　　还有"闻泪声入林，寻梨花白"这句，大家耳熟能详的词应该是"梨花带雨"，梨树在春末开花，其花色白艳美，当花季结束时，满园梨花凋谢，纷飞的白花犹如红颜落泪般，煞是好看。最著名的是白居易的《长恨歌》里的"玉容寂寞泪阑干，梨花一枝春带雨"，其实就是形容杨贵妃落泪时的姿态犹如伴随落雨而下的梨花一样，想象杨贵妃楚楚可怜的模样，谁又能不心生怜爱。

天青色等烟雨

爷爷泡的茶　有一种味道叫作家
陆羽泡的茶　听说名和利都不拿
爷爷泡的茶　有一种味道叫作家
爷爷泡的茶　口感味觉好阿
陆羽泡的茶　像幅泼墨的山水画

山泉在地表蜿蜒

从很久很久以前　　　　　　　镜头的另一边跳接我成熟的脸

我有一张稚气的脸　　　　　　经过这些年　爷爷的手茧

泉水渗透进矿层岩　　　　　　泡在水里会有茶色蔓延

爷爷栽种的樟木树苗在上面

　　　　　　　　　　　　　　爷爷泡的茶　有一种味道叫作家

犹记得那年　在一个雨天　　　没法挑剔它　口感味觉还不差

那七岁的我躲在屋檐　　　　　陆羽泡的茶　听说名和利都不拿

却一直想去荡秋千　　　　　　他牵着一匹瘦马在走天涯

爷爷抽着烟

说唐朝陆羽写茶经三卷　　　　爷爷泡的茶　有一种味道叫作家

流传了千年　　　　　　　　　他满头白发　喝茶时不准说话

　　　　　　　　　　　　　　陆羽泡的茶　像幅泼墨的山水画

那天我翻阅字典　查什么字眼　唐朝千年的风沙　现在还在刮

形容一件事很遥远

天边是否在海角对面　　　　　千年那天我翻阅字典　查什么字眼

直到九岁才知道浪费时间　　　形容一件事很遥远　天边是否在海角对面

　　　　　　　　　　　　　　直到九岁才知道浪费时间

这茶桌樟木的横切面

年轮有二十三圈　　　　　　　这茶桌樟木的横切面

爷爷泡的茶

收录于《八度空间》

作于 2002 年

曲／周杰伦

年轮有二十三圈

镜头的另一边跳接我成熟的脸

经过这些年　爷爷的手茧

泡在水里会有茶色蔓延

爷爷泡的茶　有一种味道叫作家

没法挑剔它　口感味觉还不差

陆羽泡的茶　听说名和利都不拿

他牵着一匹瘦马在走天涯

爷爷泡的茶　有一种味道叫作家

他满头白发　喝茶时不准说话

陆羽泡的茶　像幅泼墨的山水画

唐朝千年的风沙　现在还在刮

啦啦　啦啦啦啦啦

啦啦　啦啦　啦啦啦啦啦

啦啦　啦啦　啦啦啦啦啦

啦啦　啦啦　啦啦啦啦啦

啦啦　啦啦啦啦啦

啦啦　啦啦　啦啦啦啦啦

啦啦　啦啦　啦啦啦啦啦

啦啦啦啦　啦啦啦啦啦

爷爷泡的茶　有一种味道叫作家

没法挑剔它　口感味觉还不差

陆羽泡的茶　听说名和利都不拿

他牵着一匹瘦马在走天涯

爷爷泡的茶　有一种味道叫作家

他满头白发　喝茶时不准说话

陆羽泡的茶　像幅泼墨的山水画

唐朝千年的风沙　现在还在刮

爷爷泡的茶　有一种味道叫作家

陆羽泡的茶　听说名和利都不拿

爷爷泡的茶　有一种味道叫作家

陆羽泡的茶　像幅泼墨的山水画

　　《爷爷泡的茶》发表在 2002 年周同学《八度空间》这张专辑里，这首歌在第二年的第十四届台湾金曲奖入围了最佳作词人奖。这首歌也是由周同学作曲，林迈可老师编曲。为突出节奏，架构出音乐的跳跃感，曲式上以大和弦为主，小和弦点缀，是一首大量使用主调和弦内的有限单音创作的一首作品。周同学不仅有天生的旋律天赋，对节奏的掌握也是浑然天成。

　　《爷爷泡的茶》这首歌用到的乐器相对其他歌曲而言是比较少的，但使用得很到位，干净利落。开头节奏两小节共五秒，第六秒就开始进入配唱，同时又加入吉他和弦当衬底，简单又干净，再以小提琴配上高音。如此一来，低音衬底的鼓，还有中音部分的吉他，高音部分的小提琴，在听觉上被调配得相当饱满。歌曲整体的配乐幅度并不大，但恰如其分的运用可谓简洁而清新，迈可老师在编曲的环节中还用到了刮碟的音效。此外编曲小窍门是先以节奏铺底，再确定速度，然后中间再配吉他或钢琴的和弦，最后再确认音高和旋律的大致走向。编曲的高音部分，可根据音乐质感来搭配弦乐。

顺带一提的是第二段"山泉在地表蜿蜒，从很久很久以前，我有一张稚气的脸，泉水渗透进矿层岩"，这一段乍听之下是rap，但又不是纯粹的 rap。通常 rap 的音乐线不明显，因为 rap 的主要体现是节奏，但这段有很清楚的能被弹出来的旋律。而这就是周同学创作上的巧思，或者说是天分吧。

另外，这首歌的副歌是一开始就出现的，这也算是流行音乐创作的形式之一，就是将具有记忆点及聆听度高的副歌先跑一遍，再接主歌。这首《爷爷泡的茶》，配唱者需要具备极强的音乐节奏感，前面我们提到过，在亚洲，东方人特有的音乐感应该是以旋律为主，而非节奏，这首歌其实也可以视为周同学对自身音乐创作结构自我挑战的经典作品。

这首以茶文化与亲情为主题，带着 R&B 风格与 rap 节奏的中国风歌曲，以茶为故事背景，主要体现爷孙两代人的亲情。副歌中"爷爷泡的茶，有一种味道叫作家，陆羽泡的茶，听说名和利都不拿"，还有"爷爷抽着烟，说唐朝陆羽写茶经三卷，

流传了千年", 以及 "经过这些年, 爷爷的手茧, 泡在水里会
有茶色蔓延"。说到茶, 一般人的文化概念中, 总会觉得茶代
表东方, 咖啡代表西方。东方的茶文化代表里, 一个是钻研茶
艺的中国, 一个是遵循茶道的日本。

中国的茶文化源远流长, 几千年来已发展成一种饮茶的艺
术, 茶是中国的国饮, 据史料记载, 史上最早饮茶的民族, 为
两千三百年前的巴蜀先民。秦灭蜀国后, 蜀地的饮茶习惯也随
之传入中原, 不过当时为采摘野茶, 煮沸后自然饮用, 还称不
上什么饮茶文化。经过历朝历代的发展, 一千二百多年前的唐
朝就已形成所谓的 "茶文化"。

中国的茶艺根据考察大约萌芽于魏晋南北朝时, 但其实早
在西汉时期就已有文献记载, 在王褒的《僮约》里, 就提到烹
茶的一种专门的用具, 以及茶的贮存方式。虽然没有详细地介
绍品茶过程, 但已经可以看出当时对茶具的重视, 也反映了当
时饮茶不是单纯地饮用, 已经成为颇为讲究的一种文化仪式。

到了西晋时期, 饮茶的程序与步骤较前朝历代更讲究, 除
了水、茶壶, 以及烹煮方式外, 还格外重视所泡出来的茶汤颜
色。茶的泡沫也成为观赏对象。但最早将饮茶概念系统化并著
作成书的, 首推陆羽的《茶经》。《茶经》中系统化地介绍了茶
的起源、栽培、采制的工具、蒸青的技术、烹饮的器皿、煮茶

饮茶的方法、茶的典故出处等。陆羽也因此巨著，被后人奉为"茶仙"，尊为"茶神"。陆羽的《茶经》里有所谓的"五之煮"以及"六之饮"。他所描述的煎茶有九个重点，包括采制、鉴别、器具、用火、选水、炙烤、碾末、烹煮、品饮等，此法在古代已成为制茶的标准工序。

甚至与陆羽同时代的常伯熊的茶艺，也被记载在封演的《封氏闻见记》中，其品茶时的服饰、茶具，还有泡茶的程序等，都已经非常系统化，已具备仪式感，有着自己的茶艺风格。现今我们所熟知的茶艺始于唐代，但至明代才在社会各阶层中蔚为流行。俗谚有云："开门七件事，柴米油盐酱醋茶。"此时的茶，已经与日常生活分不开。茶早已融入中国人的生活，像大家耳熟能详的词语中就有茶不思饭不想、粗茶淡饭、茶余饭后、清茶淡饭、一盏茶的工夫等，"茶"频繁地出现在这些常用词中，显示出茶与中国人情感上的紧密连接。还有，只要是中国人，谁没吃过几颗茶叶蛋呢？

茶，原属南方的嘉木。据传神农尝百草时，遇毒则以茶解之，此传说使茶之功效闻名于世，被视为珍稀饮品。因为茶能提神，故参禅打坐时对僧侣的功效特别显著，在佛教弘法的漫长岁月中，茶与禅结下了不解之缘，世间有"寺必有茶，僧必善茗"之语。宗教中的禅宗，更有"借茶"说法，以茶譬喻，留下许多的公案典故与趣闻，这其中，最负盛名的当然就是赵州禅师的"吃茶去"之禅宗公案。

史载赵州禅师为禅宗六祖慧能之第四代传人,一生弘法,他主张道法自然,佛法不离生活,禅中见其本性,甚至因而衍生出饮茶的一个派别"禅茶派"。此禅茶派指的是僧侣用茶来集中自己的思想,进而逐渐形成以正、清、和、雅为主的禅茶派茶艺,这个派别也深刻地影响了日本的茶道精神内涵。

话说晚唐时期,两名颇有学识的僧人仰慕赵州禅师之大名,抱持寻道访师之心,不惜跋山涉水拜谒赵州禅师。好不容易抵达佛寺后,他们在院主引荐下,前往拜谒住持赵州禅师,进了住持禅房,只见禅房家徒四壁,仅有一尊佛像被供奉着,室内有一位枯瘦老人,二人心想,这个人大概就是赵州禅师了。

老人未着住持袈裟,身着褴褛布衣,满头青灰鹤发,正闭目坐禅中。两位学僧一时呆在那里,不知如何开口,院主上前轻声请示,禅师这才缓缓睁眼,眼神扫过二人,先问其中一名僧人:"可曾来过这里?"

僧人连忙恭敬地回:"不曾来过。"

禅师道:"哦,吃茶去。"

前来拜师悟道之僧人表情一愣，摸不着头脑。老人又转头望向另一僧人，同样问道："可曾来过这里？"

这名僧人态度笃定地回答："我来过。"

正当他欲接着说明缘由时，禅师却道："吃茶去。"

此时，院主在旁也深感困惑，忍不住问："为何曾经来过的吃茶去，不曾来过的也一样吃茶去？"赵州禅师也不解释，一样跟他说："院主，吃茶去。"

院主先是一愣，随即会心一笑，也就不再发问，只领着两位远道而来的僧人往茶房去。此时，回答不曾来过那位僧人说道："这到底算哪门子的参禅？没有半点头绪！也没给个哲理说法，这哪儿像是开悟成佛？这吃茶去，也吃得实在莫名其妙！"另一个僧人却沉浸在刚刚的情境中，自言自语："或许，这就是直指人心的一种禅，禅宗本来就不刻意立下文字传法，禅师叫我们吃茶，就吃茶去吧！"

这就是著名的"禅茶一味"，或者应该说是"茶中自有智慧海，茶中自有大慈悲"，有点像如人饮水，冷暖自知，其实"吃茶去"，哪里需要有这么多的揣测与分别？茶之味，禅之味，没有区别。品茶的人，参禅的僧，本就都一样，其实是世人自己参不透，与其跟人穷辩哲理，不如与茶香为伍，单纯地吃一碗茶去！

中国古诗词中，与茶相关的作品也相当多，下面撷取四首跟大家分享。

第一首为元稹的《一字至七字诗·茶》，它在爱茶人的圈子中相当著名，因为它的格式既非五言绝句，也不是七言律诗，更非倚声的宋词，可谓独树一格，由一个字逐次到七个字，很特别的文字结构，后人称之为宝塔诗：

茶，
香叶，嫩芽。
慕诗客，爱僧家。
碾雕白玉，罗织红纱。
铫煎黄蕊色，碗转麹尘花。
夜后邀陪明月，晨前命对朝霞。
洗尽古今人不倦，将知醉后岂堪夸。

第二首是李清照的《摊破浣溪沙》，这首茶诗不是在劝人饮茶，正相反，是劝人不要饮茶。因为此时李清照病了，宜饮用性辛温能祛寒湿的豆蔻汤，却不适合饮用茶汤。《摊破浣溪沙》说的是莫饮用"分茶"，分茶在宋代是一种特殊的煮茶法：

病起萧萧两鬓华，卧看残月上窗纱。

豆蔻连梢煎熟水，莫分茶。

枕上诗书闲处好，门前风景雨来佳。

终日向人多酝藉，木犀花。

第三首是白居易的《食后》，这首诗大概的意思是，吃饱饭睡上一觉，醒来后喝两大碗的茶。抬头瞧了瞧天色，此时已夕阳西下。乐观的人总可惜日子过得太快，而悲观的人则厌恶日子怎么过得就那么长，而且慢呢？至于那些无喜悦也没有忧愁的人，我想应该也就不在乎时间的长短，或许就让一切顺其自然吧。

食罢一觉睡，起来两瓯茶。

举头看日影，已复西南斜。

乐人惜日促，忧人厌年赊。

无忧无乐者，长短任生涯。

最后一首要分享的作品，茶道中人应该都颇为熟悉，那就是唐代卢仝的《走笔谢孟谏议寄新茶》，也叫《七碗茶诗》或《饮茶歌》。其中有一段对茶饮描述最生动的部分，写出了品茗饮茶之妙境仙趣，广为后世爱茶人所传颂。这首诗的大意是，第一碗茶喝下，茶汤滋润了我的嘴唇和喉咙；第二碗茶喝下，茶汤的温度打破了我原本孤独烦闷的心情；第三碗茶喝下，茶汤在我胃里温热着，我开始思索文章里的佳句，还记得的文字有五千卷；第四碗茶喝下，我轻微发了些汗，这一生中所经历的不平事，都似乎向着毛孔散发出去；第五碗茶喝下，感到全身的肌肤与骨头都无比地神清气爽；第六碗茶喝下，已然飘飘欲仙，感觉似乎能与神灵互通；但这第七碗也就别喝了，因为我已感到腋下习习清风徐徐生出，如同到了蓬莱仙境。茶对卢仝来说，显然已不是单纯的一种肉体口腹之饮，而是一种更为辽阔的精神世界。他将喝茶上升到了一种超凡入圣的境界，一个执着的茶痴，可以不问世间庸俗，不恋红尘名利，终至羽化登仙的境地：

一碗喉吻润，两碗破孤闷。三碗搜枯肠，唯有文字五千卷。四碗发轻汗，平生不平事，尽向毛孔散。五碗肌骨清，六碗通仙灵。七碗吃不得也，唯觉两腋习习清风生。

至于日本的茶道，则发源于镰仓时期。当时的留学僧人将宋代的径山茶宴带回日本，一开始茶饮仅盛行于僧侣中，后在贵族阶层流传开来，最后才普及至大众，而日本人更率先将抹茶融入冰激凌与西式甜点中，这当然是近代的茶饮发展。

日本是一个很重视仪式感的民族，仪式感体现在美学与艺术上，形成了一种所谓的"道文化"。这个"道"，指的是一种学问与技术，但同时也是一种精神层面的追求。像茶道、书道、花道、剑道，甚至柔道、空手道等。

虽说日本的饮茶文化是由中国传入的，但"茶道"这一汉字词语，却是日本人率先使用的。日本的茶道衍生出很多的流派，十分讲究奉茶仪式的细节文化。不管是倒茶时的动作还是茶具器皿，都有专属的称呼和特殊的仪式，在日本某些社会阶层，可以从对茶道文化的熟悉度，看出一个人的社会地位以及修养。

日本是个模仿能力很强的民族，能将模仿来的事物消化和融合，进而成为自身文化的一部分。日本曾在七世纪至九世纪间派遣使节前往中国，全面地学习隋唐文化，时至今日，日本的一些宗教、建筑、服饰以及戏剧等文化，均深受唐朝文化的影响，保留了唐宋余韵。

日本列岛孤悬在东太平洋上，因地理环境的隔绝，其国土也没有与其他邻国接壤，千百年来未曾遭受其他民族实质的入侵，因此发展出颇为独特的文化。日本在这种文化上不受其他民族干预的稳定环境中，长期以来形成一种宁静的、素雅的、接近"禅"的美学价值观。这种接近"禅"的美学价值观，也呈现在他们的传统建筑上。譬如神社的建筑风格，相比外观装饰性很强、色彩很绚丽的印度教庙宇，简直可以说是宗教建筑风格中极简主义的代表。日本当代建筑大师安藤忠雄清水混凝土的素雅调性，也是一种形式的禅风建筑。

而且，一个民族对美学的认知是会直接反映在它的设计风格上的，如日本服装大师三宅一生那充满褶皱的不规则的布料，是他的品牌特色，创作灵感就是来自日本传统的折扇。

东京是个充满设计感的流行都市，很重视产品的包装，对美学设计很讲究，就连一个寻常的水井盖，都有城市的象征标志，他们的美学设计是扩及整个城市和国家的。他山之石，可以攻玉，日本当年举全国之力吸收国外优秀先进的文化，同时又竭力保存与维护自身的传统文化，这样的精神值得学习。在全球化的时代，不管是工业、金融或者是其他领域，我们都免不了要与其他的民族和地区进行交流，但是在交流的过程中，也绝对不能忘了传统文化的特色，文化是一个族群共同的记忆，共同的价值观，是同一个族群识别与自我认同的基础。

最后分享一个跟饮茶文化有关的历史小典故，就是那副大家熟知的对联：

坐，请坐，请上座。
茶，泡茶，泡好茶。

这个典故的出处有好几种版本，我来说说郑板桥在佛寺的这个版本。清乾隆年间,"扬州八怪"之一的郑板桥有天来了兴致,前往城郊某佛寺游览,负责迎宾的和尚瞧他其貌不扬,衣着朴素,就随口朝郑板桥说了声"坐",然后对身旁的小沙弥喊了声"茶",示意小沙弥去泡茶接待,便再也无意与郑板桥搭话。和尚见那小沙弥动作不勤快,也不以为意,心里面琢磨着如何打发郑板桥走。郑板桥欣赏了一番寺院里所陈设的字画与佛像雕刻,并对其艺术内涵与历史背景娓娓道来,显得十分内行。和尚看他很具才学,心想,此人似乎非等闲之辈。于是立马转换态度,笑容可掬,改口对郑板桥说:"请坐。"并回头督促刚刚那名小沙弥说:"泡茶。"此时寺院里来了一批达官贵人,和尚见状,笑容满面地合掌恭迎,态度异常热情。这些达官贵人见郑板桥也在座,一个个主动趋前,向其问好。和尚颇感诧异,马上向旁人打探此人什么来路。在得知竟然是当代名家画师郑板桥时,兴奋之情溢于言表,前后态度判若两人,马上亲自搬了把椅子到郑板桥身边说:"请上座。"并示意小沙弥更换茶叶,接着说:"泡好茶。"待郑板桥要离开寺院时,那位和尚拿出纸笔,希望郑板桥能为佛寺留下墨宝。郑板桥沉吟片刻,随即挥毫写下一副对联,上联为"坐,请坐,请上座",下联是"茶,泡茶,泡好茶"。和尚见状,表情尴尬,一脸羞愧。他当然明白郑板桥是在讽刺他方才用以貌取人的市侩嘴脸。

泛黄的春联还残留在墙上
依稀可见几个字岁岁平安
在我没回去过的老家米缸
爷爷用楷书写一个满

黄金葛爬满了雕花的门窗
夕阳斜斜映在斑驳的砖墙
铺着榉木板的屋内还弥漫
姥姥当年酿的豆瓣酱

我对着黑白照片开始想象
爸和妈当年的模样
说着一口吴侬软语的姑娘
缓缓走过外滩

消失的旧时光　一九四三
在回忆的路上　时间变好慢
老街坊小弄堂
是属于那年代白墙黑瓦的淡淡的忧伤

消失的旧时光　一九四三
回头看的片段　有一些风霜
老唱盘旧皮箱
装满了明信片的铁盒里
藏着一片玫瑰花瓣

黄金葛爬满了雕花的门窗
夕阳斜斜映在斑驳的砖墙
铺着榉木板的屋内还弥漫
姥姥当年酿的豆瓣酱

上海一九四三

收录于《范特西》

作于 2001 年

曲／周杰伦

我对着黑白照片开始想象

爸和妈当年的模样

说着一口吴侬软语的姑娘

缓缓走过外滩

消失的旧时光　一九四三

在回忆的路上　时间变好慢

老街坊小弄堂

是属于那年代白墙黑瓦的淡淡的忧伤

消失的旧时光　一九四三

回头看的片段　有一些风霜

老唱盘旧皮箱

装满了明信片的铁盒里

藏着一片玫瑰花瓣

　　《上海一九四三》发表于周同学 2001 年的《范特西》专辑，是他的第二张个人专辑。《范特西》来自英文 fantasy 的音译，也就是幻想，"范特西"可以理解成对音乐创作不加限制的想象。这张专辑当年一口气拿到了第十三届台湾金曲奖的十项入围提名，分别是最佳专辑、最佳 MV、最佳男歌手、最佳作词人、最佳作曲人、最佳编曲、最佳专辑制作人，其中最佳编曲入围两首，最佳作词人入围三首，分别是《爱在西元前》《威廉古堡》，还有这首《上海一九四三》，也算缔造了一项纪录，那一届最佳编曲入围的是《双截棍》与《威廉古堡》，最佳作曲人则是《爱在西元前》。就音乐创作而言，那真是一个很美好的年代，一段十八年前属于 fantasy 的甜美回忆。

　　《上海一九四三》歌名点明了故事的年代，歌词很有岁月感，民国时期的旧上海景象跃然纸上。我从小就很喜欢历史，一直认为，一座城市本身，也有属于城市自己的历史感。

　　譬如京城北京，有属于皇家庄严且气象万千的历史感，也有身为首都所造就的人文荟萃，而近代史上中外交会，十里洋场的上海，也有着专属于它的绝色风华，历史因素所造就的城市面貌和建筑风格与别处迥异，在刻板印象里可能是小资，但真正属于它的城市风格就藏在那些老街旧巷的细节里，游走其中的时候，你才会看到不一样的上海，真正感受到它的历史风貌。

　　有趣的是，在写这首歌的时候，我并没有去过上海，但也正因为没去过，那种创作焦虑反而促使我下了一番功夫去搜集、汇整与这个城市相关的资料，探究那个年代的上海有什么文化象征和城市符号。就像要筹拍一部关于老上海的电影，就必须先架构出那个年代的画面感、场景空间的设置、房间里的摆设甚至当时人说话的语气。通过这些搜集，我把符合那个年代的上海，用文字勾勒出来，某种程度上，我把歌词文字当成了电影脚本去写，所以创作前必须先做足功课。

　　《上海一九四三》整首歌词平铺直叙，讲述了一段家族历史，故事的时空背景设在大时代里的老上海，老街坊与小弄堂所引发的家族记忆，不断地出现。歌词文字以"摹写"的方式来勾勒画面，如"黄金葛爬满了雕花的门窗，夕阳斜斜映在斑驳的砖墙"，将实际的景象用遐想加以描述，以藤蔓植物黄金葛"爬"满花窗之景象，象征岁月流逝，因为黄金葛要爬满木窗，需要很长的一段时间。

透过文字所营造的时间和空间，给予听歌者无限的遐想，那个十里洋场的外滩究竟怎么了？身处战火的年代，父辈的生活是如何安顿的？恍惚间，我们好像置身在当时的历史时空，一些记忆如电影画面般闪现……回过神之际，正与一位"说着一口吴侬软语的姑娘"错身而过。带着江南腔调的方言，一身典雅旗袍的姑娘，总让人不由自主地想起戴望舒的《雨巷》。戴望舒的这首成名诗作里，那一位似有愁容又略带盼望的江南女子，在梅雨时节的小镇雨巷里一路走去，而你百转千回的心事，也随之沉湎于这水彩般的抒情意境里。

关于创作背后的故事简单分享到这里，接下来讲解编曲、作曲，以及歌词文字等。首先分享的是编曲部分，《上海一九四三》这首歌的编曲很费功夫，是林迈可老师操刀的又一首佳作。编曲节奏的音色，以及电吉他的音色都是偏暖色调，有一种温润的质感。

这首歌的编曲，前奏短而精准，不拖泥带水，与《发如雪》一样，用了一刀划开记忆式的电脑音色直切主题，节奏几乎都设定在每句的第二拍。主乐器之一为电吉他，然后用贝斯铺底，节奏部分为电子鼓，编曲上的伴奏简单明了，副歌部分弦乐再进入。总体而言，弦乐音色偏后，人声靠前，暖色系的质感被放大，泛黄怀旧的音色有温暖的感觉，间奏用的铜管音色，酝酿出复古感，很有十九世纪六十年代的感觉，再配上歌词故事，一股浓郁的老上海风孕育而出。迈可老师别出心裁，使用配器音色很考究。当歌词唱到"我对着黑白照片开始想象，爸和妈当年的模样"时，注入了弦乐的辅助，使得歌曲质感复古浓郁，直到整段副歌结束。副歌间奏再加入铜管乐器的演奏solo，使得怀旧韵味更加浓烈。

第二段与第一段的编曲一样，依旧是节奏加电吉他，但在歌词的段落唱到"我对着黑白照片开始想象，爸和妈当年的模样"时，却改用铜管来作为第一乐器，第二乐器电吉他则变为辅助。第二段副歌时又变弦乐衬底，铜管乐器退场，结尾为电吉他，如此交替的搭配非常精妙。

我们再来小聊一下周同学作曲的部分，这首《上海一九四三》为 D 调，旋律并不复杂，甚至可说是简单，节奏相对平缓，起伏不大，整首歌干脆利落，他用简单的主旋律不断做重复，歌的记忆点令人印象深刻。此外，和声的编写也可以看出周同学的用心，在最后的副歌，至少叠了四轨人声，这么多和声交织在一起却又不显杂乱，可说运用得当，有种沉湎于过往的时光之感。在此顺带一提的是，一般制式的流行音乐，副歌第一句或第一行的音都会比主歌高，但这首歌的副歌第一句却从低处开始，在最后一段主歌的高音后才接副歌，是很特别的音乐曲式。整段副歌的音都不算高，虽然副歌没有用高音音符刻意营造音乐的穿透感，以勾引情绪的张力，却也因为如此处理，把聆听者的想象，带回黑白画面的旧时代。另外，这首歌也算一个类似五声调式的音乐作品，五声调式大部分都使用在这首歌的副歌部分。

另外，这首《上海一九四三》的歌词创作，也曾入选台湾中小学的韵文读本补充教材，等同于收录在教科书里。当时由诗人余光中教授担任教材编辑指导，被收录选取的理由之一是"内容经文史考证又兼具韵脚"。这句话对我的激励真的是蛮大的，因为当初我还真的是做足功课，下了一番苦心去了解属于那个时空背景的旧上海，首先我必须清楚地知道，上海这座城市的代表性概念元素为何。譬如外滩、百乐门、十里洋场、青帮洪门跟杜月笙等，这些词对一般人而言，已经是年代符号，但以上这些词，是大概念和大空间感的历史语言，我写的词意内容，是架构在子女凭吊父辈之后，心有感触，而抒发出来的感叹，是一首抒情慢歌，也因此经过筛选后，我仅保留了外滩。在创作过程中，再将其他具有画面感的词加入，譬如春联、米缸、豆瓣酱、黑白照片、吴侬软语、弄堂、老唱盘、旧皮箱还有明信片等。其中，外滩、吴侬软语和弄堂这三个词，更是上海这座城市的文化识别词。

对于台湾中小学的韵文读本补充教材将《上海一九四三》一类的流行歌词纳入教材中，我个人乐见其成，因为编辑此举起码表明，教育体系没有忽略与漠视流行音乐在这个时代的通俗影响力。既然中小学的补充教材为"韵文"，韵脚的韵，那么岂能对现今唯一具韵文形式的文字创作"歌词"视而不见，而只收录离现代人几百年，甚至几千年的传统诗词韵文呢？所幸编辑们并没有与这个时代脱节，虽然不能说是重视，但起码没有忽略歌词作为近代韵文的传承事实与贡献。歌词与新诗基本上都是韵文形式的文字创作，但现今音乐与文字的结合，早已被歌词垄断。古代韵文创作，从《诗经》楚辞、汉赋、唐诗、宋词、元曲等都具备韵文创作的特质，也就是用韵，在诗词文字上押韵。但继承旧体诗词韵文体系的新诗，却在"五四运动"后强调"我手写我口"，也就是白话文，然后不重视或者说排斥段落的平仄、行列的对仗、诗句韵脚，这造成文字缺乏节奏感与音乐性，使得文字与音乐间缺乏连接，结构上失去了入乐的基础。除非当下刻意以诗歌的形式，并兼顾韵脚的元素去创作，否则绝大多数的新诗都很难直接谱成曲，而这便是歌词与新诗间最大的差异。

我想说的是，每个人记录生活、记录旅程的方式都不尽相同，有些人透过文字，有些人透过影像，而我则是选择了与音乐相关的歌词创作。音乐是很特别的存在，亦是情感的连接，任何形式的创作都需要透过观察做初步的一种创作元素的截取，你要有能力，将你观察到的人、事、物，借由文字的描述，进行画面还原。

为民国时期的旧上海写首歌，是我的一个夙愿，这个念头萌芽于中学时期，当初听到粤语版的港剧《上海滩》同名主题曲时，少年的我当下除了很有感觉外竟开始对上海这座城市，产生巨大的想象与好奇。通俗文化就是有这种魅力，因为一部剧、一首歌、一部电影，进而对一个民族、一个国家、一座城市产生好奇。这部二十世纪八十年代的老港剧，在香港造成收视奇观，在海峡两岸都可谓家喻户晓、脍炙人口。

而这首由大师黄霑填词，顾嘉辉作曲，叶丽仪演唱的主题曲《上海滩》，荡气回肠，已然成为一个时代的共同记忆。在那个年代谁都能唱上几句：

浪奔　浪流　万里滔滔江水永不休
淘尽了世间事　混作滔滔一片潮流
是喜　是愁　浪里分不清欢笑悲忧
成功　失败　浪里是看不出有未有

当我因缘际会进入唱片圈时，就暗自决定，将来如有机会，肯定也要为上海这座城市打造一首歌，这就是《上海一九四三》的歌名由来。至于为何要用一九四三这个年份呢？大家可能没有留意到，一九四三的谐音就是"依旧是伤"，也是一种隐喻，以这个年份作为歌名的最大原因，是因为时值抗战时期，一九四三年是一个时局混乱、动荡不安的年份，但上海因为地处租界区而躲过战火的波及，在那个兵荒马乱、动荡不安的年代，上海竟在乱世中独享一种很讽刺的安宁。

一九四三年，上海租界地齐聚了众多不同的势力，他们盘踞一方，各怀目的。有犹太商人、日本浪人、印度巡捕，也有国民党特务、共产党员，还有租界区的英法统治阶层，甚至青帮、洪门等民间帮派，以及梨园戏子、贩夫走卒等。可谓三教九流、龙蛇混杂，中国历史上再也找不出第二个在如此小的范围内，有这么多不同种族的势力汇集之地。一九四三年的上海，对我而言，极富戏剧张力！

歌词故事的主轴，主要借由儿孙辈的回忆，讲述父辈的家族过往。在这兵荒马乱的大时代，战争中失去亲人与至爱，几乎是一种很普遍的存在，但全篇歌词中都没有提及战争，也没有任何的硝烟味与流离失所的场景描述，有的只是一段段关于回忆的倒叙，甚至还有点小温馨，如"泛黄的春联还残留在墙上，依稀可见几个字岁岁平安，在我没回去过的老家米缸，爷爷用楷书写一个满"。这座似乎被战火所遗忘的泛黄老城里，正安静地上演一段斑驳的、充满岁月感的故事。

先让时间回到十九世纪四十年代后期，外滩是上海外黄浦滩的简称，东临黄浦江，西面是中国的金融中心。一百七十多年前，英法等列强向清廷租借此地作为通商口岸，英国人率先在外滩设置码头，开设了最早的一批洋行，其中最具实力者为怡和洋行。这里是整个上海租界地的商业中心，洋行林立，工商繁荣，人称"十里洋场"。

时至今日，一百七十多年过去了，外滩的金融地位从未被撼动，当时租界区的各国抢占外滩，陆续盖起象征权力的建筑，因此外滩面积虽不大，却集中了二十余幢不同时期与风格的建筑，有"万国建筑博览"之称，外滩租界地上这些被誉为"万国建筑博览"的宏伟建筑，同时也象征着中国近代悲惨不堪的被侵略史。

吊诡和反讽的是，当初若不是成为各国的租界区，上海的工商业绝不会这么发达，也不会留下这么多宏伟的西式古典建筑。这些建筑全面取代了黄浦江边原本低矮狭小的明清时期的一些民居屋宇，如此一来，竟反而增添了上海国际都会的气派与格局。

外滩租借时期的西式建筑，早已成为上海最重要的城市地标与观光资源，充满历史质感。这些见证过上海某段时空的历史建筑，对照现今上海到处都是的新式速成玻璃帷幕大楼，更显珍贵，它们代表着上海历史的某一个时期，就像某一个人的成长阶段一样，不管你愿不愿意，它都是你记忆里无法被抽离的一部分。

《上海一九四三》的歌词中有一段"我对着黑白照片开始想象，爸和妈当年的模样，说着一口吴侬软语的姑娘，缓缓走过外滩"，歌词中提到的"吴侬软语"，其实是苏州话，属于吴语方言的一支，其语音特点就是轻软，话音温软轻柔，语调平和，速度适中。顺带一提的是，吴侬软语中的"侬"是上海话的"你"，"谢谢侬"也就是"谢谢你"。这段歌词主要为描写故事主角一路走过爸妈当年走过的地方，也就是上海最具指标性的地方——外滩。

"老街坊，小弄堂，是属于那年代白墙黑瓦的淡淡的忧伤"，这段歌词中的弄堂，是上海本地对巷弄的称呼，是上海的特色民居形式，和北京胡同一样，都是一种对居住区域的称呼。上海的弄堂，形态为邻里间的小巷，因建筑狭窄而门户相接，鸡犬相闻。在繁华的上海大城，有着无数隐蔽的小弄堂，这类颇具当地特色的民居形式，常出现在描写老上海的文学作品中。这其中又以张爱玲最具代表性，她笔下的故事，每每发生在弄堂公寓里，弄堂也因而被赋予老上海的一个时代象征。
另外，上海还有一种特色建筑叫"石库门"，有些石库门建筑
至今还保留着。石库门并非传统的中式建筑，它与胡同和弄堂
的不同之处在于"石库门"的建筑形式只存在于上海，是上海
在列强租借期，因地狭人稠应运而生的中西合璧的建筑形式。
二〇〇〇年落成的"上海新天地"商业区就大量保留了石库门
建筑。

天青色等烟雨

（rap 如果华佗再世　崇洋都被医治

外邦来学汉字　激发我民族意识

马钱子决明子苍耳子　还有莲子

黄药子苦豆子川楝子　我要面子

用我的方式　改写一部历史

没什么别的事　跟着我念几个字

山药　当归　枸杞　go

山药　当归　枸杞　go

看我抓一把中药　服下一帖骄傲）

我表情优哉　跳个大概

动作轻松自在　你学不来

霓虹的招牌　调整好状态

在华丽的城市　等待醒来

我表情优哉　跳个大概

用书法书朝代　内力传开

豪气挥正楷　给一拳对白

结局平躺下来　看谁厉害

炼成什么丹　揉成什么丸

鹿茸切片不能太薄

老师傅的手法不能这样乱抄

龟苓膏云南白药　还有冬虫夏草

自己的音乐自己的药　分量刚刚好

听我说中药苦　抄袭应该更苦

快翻开本草纲目　多看一些善本书

蟾酥地龙　已翻过江湖

这些老祖宗的辛苦　我们一定不能输

就是这个光　就是这个光　一起唱

（就是这个光　就是这个光　嘿）

让我来调个偏方　专治你媚外的内伤

已扎根千年的汉方　有别人不知道的力量

本草纲目

收录于《依然范特西》

作于 2006 年

曲／周杰伦

我表情优哉　跳个大概

动作轻松自在　你学不来

霓虹的招牌　调整好状态

在华丽的城市　等待醒来

我表情优哉　跳个大概

用书法书朝代　内力传开

豪气挥正楷　给一拳对白

结局平躺下来　看谁厉害

蹲　小僵尸蹲　小僵尸蹲

又蹲　小僵尸蹲　暗巷点灯

又蹲　小僵尸蹲　钻萝卜坑

又蹲　小僵尸蹲　念咒语哼

蹲　小僵尸蹲　小僵尸蹲

又蹲　小僵尸蹲　暗巷点灯

又蹲　小僵尸蹲　钻萝卜坑

又蹲　小僵尸蹲　念咒语哼

啦啦啦啦啦（啦啦啦啦啦）

啦啦啦啦啦（啦啦啦啦啦　嘿）

啦啦啦啦啦（啦啦啦啦啦）

啦啦啦啦（啦啦啦啦啦）

　　《本草纲目》的歌词和 MV 风格，在发表之初就引起广泛讨论，再世华佗与清朝僵尸的混搭，兼具中西特色，是一首很成功的中西混搭作品。在创作这首歌词的时候，我联想到的是鲁迅的一篇文章——《药》，此文也曾被收录在语文课本中。鲁迅先生曾前往日本学习先进的西方医术，为何学习西方医术不去西洋的欧洲，却去东洋的日本？因为日本自明治维新后，就开始倾国之力学习西方的各类先进的科学与艺术，如医学、建筑、军事、哲学、文学等。所以，当时的中国人要学习西方的任何事物，最近的途径就是日本。但鲁迅学成回国后，却发现再高超的医术都救不了国人的陈腐，于是他拿起笔，将满腔的愤慨写进了文字中，希望借此唤醒民族之心。《药》这篇文章写出了他对社会现状的不满，讲的是明代尤其是《本草纲目》

刊行后，即便李时珍明确反对用人血和人体器官入药，这个观点也得到了中医界的广泛认同，但还是有一些不发达的地区，仍然迷信使用人血可以治疗肺结核等疾病。这篇文章直指封建迷信对人的残害，以及一些人无知愚昧的病态。这里的药，表面上指的是真正能救人的药，实际直指那些无法用药挽救的畸形心态。

鲁迅身处的特定年代有特定的时代特点，那现代人是不是就没有文中描写的病态了呢？当然有，我认为这种病的根源是全球西化。我在歌词第一段前两句就把这种"病"阐述了出来，"如果华佗再世，崇洋都被医治，外邦来学汉字，激发我民族意识"。说起神医华佗相信大家应该都不陌生，他与董奉、张仲景并称为中医史上的"建安三神医"。他少时在外游学，行医足迹遍及大江南北，钻研医术而不求仕途。他尤其擅长外科，精于手术，而且对内科、妇科、儿科、针灸等，也都有所涉猎。他在医术上的成就也不用在此多加着墨，时至今日，如果有哪个医生医术高明，病患家属致赠的锦旗上也常看见这四个字——华佗再世。

人们对疾病的体验想必都不陌生，因为疾病容易对身体造成伤害，使我们感到痛苦，但身体的病终究是可治之症。我说的病，是华佗再世也没办法治的"崇洋媚外"——对自我文化否定的心病。

因为盲目的西化，有人会认为外国文化优于中国文化，"外国的月亮比较圆"，甚至已经到了迷失自我认同的地步，长此以往势必对中国文化造成伤害。我将看似毫无关联却又有一定相似性的两个元素放在一起，想要用隐喻的手法去揭示这种现状，呼吁更多人能够重视起本国的传统文化，盲目崇拜西方文化，不如去弘扬自己的民族文化，将其发扬光大。

我的民族意识病又犯了，话题有点扯远了，接下来我们先聊聊这首歌的作曲与编曲。歌曲融合了美式嘻哈与中国风，混搭了中西乐器，周杰伦在这首歌里用诙谐的嘻哈元素，让曲风立马鲜活了起来，音乐本身带着律动感，如此铺陈出的音乐旋律线与节奏，可以说颇具创意。

相信第一次听到《本草纲目》这个歌名的人，都无法马上判断出这首歌到底是怎样的曲风，因为歌名很东方很中国，所以有些人或许会猜这应该是首像《青花瓷》那样的抒情歌，但在音乐播放的第一秒，电子合成音的嘻哈韵律感加上节奏的快速切入，这种曲风带来的惊喜，会立马吸引住听众的耳朵，它丰富又新鲜的调调，我想应该会让很多人都忍不住想要跟着节奏扭动身躯。

在《本草纲目》之前，周同学的中国风歌曲最值得玩味最另类的应该是《娘子》，而在《娘子》之后，典雅气质的中国风竟然还可以跟幽默诙谐的嘻哈元素融合，变成潮流派系里的前卫艺术！而且这首歌的歌名又是一本大家耳熟能详的中国古老医书的名字。这样完全没有相关性的几个元素组合在一起，实在是让人赞叹称奇！而这也是周同学的音乐引人入胜之处，每每都有意想不到的惊喜创作。

这首歌的编曲依旧是由林迈可老师负责，开头是笛子与电音合成器，以此逐步完成音乐层次里的配乐处理，此处的笛子音色为电音，加上中声部合成器穿梭其间，听起来是略带着顽皮又灵活的嘻哈韵律，后面再进入相对稳准的节奏。当然，林迈可老师最擅长的就是在编曲中适当又精准地运用节奏表达，而这首又是融合中国风的嘻哈音乐，是重视节奏的曲风，然后迈可老师又在西式的节奏中巧搭东方的丝竹乐器，使得整首歌在听觉上，既带着西式节奏的俏皮感，又有中式乐器的韵味，让听歌的人情不自禁地随着音乐摆动身体，轻松地摇晃起来。

平心而论，这首歌并不好唱，而且严格意义上来讲这是一首 rap 歌曲，比较重节奏，也因此，节奏感要很好，配唱部分才能很好地掌控，之所以特地强调这一点，是因为如前面几章所讲，东方的流行音乐都比较重视旋律，曲式创作的比例上也是以意境为主，偏爱慢而清远的意境式旋律，节奏相对而言反而是次要的。黑人有与生俱来的节奏感，擅长身体的律动，念起 rap 浑然天成。而周同学出彩的地方也在于，他的节奏感非常好，节奏感好的人念起 rap 会让人被带动，被感染，进而也想跟着音乐律动起来，这样的功夫还是要归功于他从小的音乐训练以及与生俱来的音感。

这首歌的 MV 风格也很特别，画面与剪辑的电影感很强，场景很精致，看得出来周同学作为导演有很高的要求，他们搭盖了华丽中带着浓郁复古风的街头场景，让人仿佛置身在百老汇街头充满西方都会复古感的街区，空气中带着末世纪的颓废感，在巷弄中，又煞费苦心地搭建了一间东方味十足的老中医铺。

MV 的情景构图很百老汇，颇令人惊喜，除了专业舞者外，又有俏皮可爱，萌度爆表的小僵尸穿梭其中，颠覆了大家原先对僵尸阴森恐怖又嗜血的可怕印象，这些僵尸还能随音乐节奏起舞，可以说周同学除音乐外，影像也玩得有模有样，很到位。华丽复古的西方街头，有老中医在抓药，有神秘的僵尸玩起了萝卜蹲，看似严肃的《本草纲目》与一系列的中药名，随着音乐的节奏都变得活泼有趣起来，这首歌的风格完全跳脱出了一般概念中的所谓中国风创作的范畴，这支周同学亲自执导的 MV 服装考究，场景精致，剪辑专业，堪称音乐与影像结合的完美创作！

歌词创作背后最重要的动机，就是随着中国的崛起，海内外正掀起一股"汉字热"，"外邦来学汉字，激发我民族意识"，这倒不是说中华文化有多火多优越，而是想在此做某种警示，中国人对自己的传统文化似乎有些太过后知后觉。韩国将端午节申遗成功，然后我们才惊觉我们丢失了自己的节日。其实韩国申请的是"江陵端午祭"，祭典内容跟中国传统的端午节并不相同，但问题是，为什么要通过其他国家来提醒我们去复兴原属于我们的传统文化，难道我们自己不应该反省一下吗？

一直以来我就是一个民族意识很重的人，长期关注跟民族、传统、文化相关的议题与事物。当我这种民族意识跟歌词文字相结合的时候，就自然而然地孕育出"中国风歌词"。比如说，中国古典四大名著已经被转化为游戏、电影、电视剧甚至同人小说，被赋予了新的解读方式，让这个时代的年轻人都大为着迷。那为什么流行音乐要缺席呢？如果把中国古典文学"消化"成歌词，再结合西方的旋律，这种反差与惊艳其实最容易让年轻人产生兴趣。《青花瓷》也是用流行歌词让大家重视青花瓷这种传统瓷器，能用中国风的作品去影响年轻人重视传统文化，这对我而言也是工作上的一种动力。

"让我来调个偏方，专治你媚外的内伤，已扎根千年的汉方，有别人不知道的力量"，《本草纲目》这首歌的歌词通篇虽说在抵制崇洋媚外，但也是在借由对极端崇洋媚外心理的暗讽，来审视当代人对传统文化的忽视。对占世界上人口最多的中国人而言，我们具备一定的话语权和表决权，当务之急就是如何提升自己的民族自信，让传统文化走出去。

不管是出国留学，在外就业，还是去吸收或者学习西方的文化想要融入当地的环境，我都真诚地希望，不论你人在哪里，都不要忘记自己的文化土壤，就如同《本草纲目》里的嘻哈中医一样，他抓了一把中药，服下一帖骄傲，用千年的汉方，治媚外的内伤，给那些崇洋媚外的人一记当头棒喝，让你记得老祖宗的辛苦，并提醒大家一定要时时刻刻打起民族精神，挺起中国人的脊梁。

"马钱子、决明子、苍耳子，还有莲子；黄药子、苦豆子、川楝子，我要面子。用我的方式，改写一部历史，没什么别的事，跟着我念几个字。山药、当归、枸杞，go；山药、当归、枸杞，go。看我抓一把中药，服下一帖骄傲。"这段歌词短短七十多个字包含了十种不同的药材名称，当初创作时，我还特地去查了一些中药的相关知识，这段歌词的画面感，给人一种中药铺的老师傅边唱 rap 边抓药的感觉。这段 rap 乍听之下很西方，这些中药名又是歌词中不常出现的文字，整个对比与反差感很强烈，会让人感觉到有创意，有趣。

　　不管是中药名、汉字、汉服还是中国功夫，都是不该忘却的一种传统，而这些传统甚至已经成为一种文化符号，非常具有代表性与象征性。无论你现在到哪个国家，在哪个城市，在某个唐人街的巷口，在街角转弯处的某家中药铺，浓郁的本草药味里，油然而生的就是典型的中国风的感觉，所以这段歌词也想献给努力不懈坚持传统文化的那些人。我始终认同的一点是，中国传统文化具有很特殊的识别度，比如中草药、水墨画、京剧、书法、青花瓷等，不用文字解释，大家一看就知道来自中华文化，来自汉民族。这些深厚的历史积累，会给我们带来一种文化的归属感，而文化的社会价值就在这里。但是对现代人来说，在全球化的过程中，在西方文化的冲击下，快餐文化变成我们生活的一部分，原有的传统文化价值就很难被突显出来。举个例子，现在的年轻人很喜欢公仔玩偶，有的设计虽然很时尚，但因为没有文化识别度，就缺少了文化价值。

　　"山药、当归、枸杞，go；看我抓一把中药，服下一帖骄傲。"这句运用的是转化的修辞方式，将实体元素转化成抽象概念，如抓了这些草药，服下就是"骄傲"——说的是服下了汉方，自己也真正体会到源自华夏民族的自豪。

　　下面我们聊聊僵尸这个有趣的话题。僵尸源于明清时期，指的是一种复活的死尸。传说中僵尸全身僵硬，指甲黑而尖锐，有锐利的犬齿，因惧怕阳光，日间躲在棺材或山洞等潮湿阴暗之处，入夜后的活动力增强。传说僵尸以吸人血或家畜血维持行动力。

大众对僵尸的印象大多来自香港电影，早期香港僵尸片大行其道，影片中僵尸身穿清朝官员服饰，双脚跳跃，双手向前伸的前进行走形象深入人心。另外电影常描述，被僵尸抓伤者，被尸毒感染后亦会变成僵尸，僵尸从月光中吸收阴气，来增强能力，因此剧情中常描写月圆之夜，僵尸在阴气最重时，以爪及犬齿为武器。僵尸惧怕的东西有铜镜、八卦镜、桃木剑、墨斗线、符咒、铜铃铛、糯米、黑狗血，有时还有童子尿等。另外鸡鸣代表天亮，僵尸也很忌惮鸡鸣，这些中国传统的僵尸跟西洋吸血鬼一样，被阳光或强光照射时身体肌肤会被光腐蚀，不及时躲避的话会化成灰。这些对僵尸的印象，大多数来自影视剧，久而久之，即成为一种伪知识。这说明，通俗文化的影响力很强大，当然，一般人也不会真以为这世上有所谓的僵尸。

根据史料，影视界的僵尸题材，源自湘西赶尸的传说。据传古代湘西一带常有茅山道士代丧家移灵，将刚死之人移送回家乡安葬。他们给尸体额头上贴符纸，一行人敲锣响铃开路，昼伏夜出。现代较为科学的说法则是，古代湘西一带因山路狭小，仅容一人步行，为及时运送死者，前后两名壮汉以两根长竹，穿过一排死尸的衣袖，再以肩抬尸，从两端像抬轿子般扛起。但因赶尸者身着黑衣夜行，沿途有人看不见赶尸者，误以为僵尸自主行走。再因竹竿有弹性，赶尸者抬尸而行的时候，尸体便上下摆动，故有僵尸跳跃的印象出现。这种说法也解释了为何赶尸之人通常都是身高体壮，因唯有如此，才有力气将死者扛回家乡。

接下来，我们再次将话题拉回《本草纲目》这本书，这本书太经典太特别了，历史地位等同于《孙子兵法》《天工开物》，陆羽的《茶经》，而它的特别之处，来自作者和书之间的故事。《本草纲目》是一部中药百科全书，完成于明代万历六年（公元1578年），但十八年后（公元1596年）才在金陵地区，也就是现今的南京正式刊印，可谓命运多舛。

为了编辑《本草纲目》，李时珍参考了八百多种书籍，耗费大量心血，到各地方考察，采集中药样本。现今我们在赞叹《本草纲目》之成就时，仍觉不可思议。李时珍完成此书后，足足有十二年之久找不到"赞助商"，因这本书的信息量实在太过庞大：总计五十二卷，约一百九十万字；分为十六部，六十类。其中，记载的药名有一千八百九十二种，药物附图一千一百余幅，方剂有一万一千零九十六首。如此浩瀚的文字与图片文件，刊印起来非常花钱，当时的印刷，主要还是木版雕刻，这得多少片雕刻版，又得刻多少字？再加上李时珍宅男型的学者性格，只在自己擅长的领域投入过人的毅力与热情，但除专业外，生活过得并不滋润，交友也不广阔，人脉不广，所以朋友中并无所谓达官贵人或名流士绅。所以，此一手抄原稿完成后，历时十几年竟没有书商愿意投资印制，他可能不擅长在创投会上路演，找不到天使轮资金投资吧。一直到十二年后，1590 年，才终于得到金陵地区的书商胡承龙的协助，愿意投入巨资刻印。此书整整花了六年之久，才得以问世。如同上百万字的长篇小说稿交给印刷厂后，印刷厂竟然要花六年的时间，才能将你的书印好，然后开始铺货到书店。而在木版刊印的年代，除非朝廷接手，否则一般民间书商印制一本书是非常耗费时间的。最为遗憾的是，李时珍在开始刊印的三年后辞世，未能亲眼看到自己的旷世巨作。

历史，就是这样不可预期，故事就是这样充满戏剧性，李时珍本人并没有活着看到他的医书刊印问世。另外，据史料记载，为了撰写与编辑这部《本草纲目》，他参考了八百多种相关的医书。我诧异的是，他虽然是一位太医，但在撰写《本草纲目》时，只是一介平民。民间的大夫，居然能凭一己之力，搜集八百多种不同类型的医书，足见明万历年间，有关传统中医的医书种类已相当普及与多元。如果是皇室来做这件事，公告天下献书，可以想象，搜罗几千种医书肯定不是问题。

另外，《本草纲目》的编辑方式与分类准则，对中国后世图书的编排划分也起了相当关键的作用。它除了改进传统的分类法外，格式也比较一致，叙述的条理也相对合乎逻辑：它将昆虫药引区分为"卵生""化生"和"湿生"三种，对日后动植物的分类学有着指标性的意义。可以说，这本书不仅仅是一部跟中草药物相关的著作，还是一部中医百科全书。因其涉猎甚广，对生物、地理、地质、化学等方面也有一定的贡献。历代本草学家都有不少专著问世，却从未有一部能概括药物学新进展的总结性著作。所以《本草纲目》的诞生，对整个民族的药理学发展而言尤为重要，本书有关本草的知识，其内容之详细，堪称历史上描述中草药学集大成之著作，《本草纲目》也被翻译成多国语言，对世界各国都有深远的影响。1606 年开始流传到日本、朝鲜、越南等地。1656 年，波兰人卜弥格将《本草纲目》译成拉丁文本，书名为《中国植物志》，在欧洲的维也纳刊印出版。1735 以后，又被陆续翻译成法、德、英、俄等多种文字。

岩烧店的烟味弥漫　隔壁是国术馆

店里面的妈妈桑　茶道　有三段

教拳脚武术的老板　练铁砂掌　耍杨家枪

硬底子功夫最擅长　还会金钟罩铁布衫

他们儿子我习惯　从小就耳濡目染

什么刀枪跟棍棒　我都耍得有模有样

什么兵器最喜欢　双截棍柔中带刚

想要去河南嵩山　学少林跟武当

干什么（客）　干什么（客）

呼吸吐纳心自在

干什么（客）　干什么（客）

气沉丹田手心开

干什么（客）　干什么（客）

日行千里系沙袋

飞檐走壁莫奇怪　去去就来

一个马步向前　一记左勾拳右勾拳

一句惹毛我的人有危险

一再重演　一根我不抽的烟

一放好多年　它一直在身边

干什么（客）　干什么（客）

我打开任督二脉

干什么（客）　干什么（客）

东亚病夫的招牌

干什么（客）　干什么（客）

已被我一脚踢开　哼

快使用双截棍　哼哼哈兮

快使用双截棍　哼哼哈兮

习武之人切记　仁者无敌

是谁在练太极　风生水起

快使用双截棍　哼哼哈兮

快使用双截棍　哼哼哈兮

如果我有轻功　飞檐走壁

为人耿直不屈　一身正气　哼

双截棍

收录于《范特西》

作于 2001 年

曲／周杰伦

他们儿子我习惯　　从小就耳濡目染

什么刀枪跟棍棒　　我都耍得有模有样

什么兵器最喜欢　　双截棍柔中带刚　　　　　什么兵器最喜欢　　双截棍柔中带刚

想要去河南嵩山　　学少林跟武当　　　　　　想要去河南嵩山　　学少林跟武当

快使用双截棍　　哼哼哈兮　　　　　　　　　快使用双截棍　　哼哼哈兮

快使用双截棍　　哼哼哈兮　　　　　　　　　快使用双截棍　　哼哼哈兮

习武之人切记　　仁者无敌　　　　　　　　　习武之人切记　　仁者无敌

是谁在练太极　　风生水起　　　　　　　　　是谁在练太极　　风生水起

快使用双截棍　　哼哼哈兮　　　　　　　　　快使用双截棍　　哼

快使用双截棍　　哼哼哈兮　　　　　　　　　快使用双截棍　　哼

如果我有轻功　　飞檐走壁　　　　　　　　　如果我有轻功　　哼

为人耿直不屈　　一身正气　　哼　　　　　　为人耿直不屈　　一身正气　　哼

　　　　　　　　　　　　　　　　　　　　　快使用双截棍　　哼

他们儿子我习惯　　从小就耳濡目染　　　　　我用手刀防御　　哼

什么刀枪跟棍棒　　我都耍得有模有样　　　　漂亮的回旋踢

　　提到《双截棍》这首歌，相信你和我一样会感到莫名的兴奋，这首歌实在有太多的地方可以聊，像"东亚病夫的招牌""习武之人切记""仁者无敌"，还有一堆跟武术相关的专有名词。这其中最著名当然就是双截棍，以及双截棍的形象代言人——李小龙。

　　这首歌的歌词本身天马行空，从"岩烧店的烟味弥漫"，到"一根我不抽的烟一放好多年"，甚至还有客家话"干什么"，当初创作时就像在吃麻辣火锅一样，很过瘾。这类有着长 rap 的歌曲因为填词空间很大，可以发挥很多想象，其实对填词者而言是幸福的。因为文字的羽翼不会被旋律束缚，可以自由地翱翔。

　　这首歌收录在周同学 2001 年 9 月发表的第二张专辑《范特西》中，在第二年的第十三届台湾金曲奖中，编曲老师钟兴民就凭借这首《双截棍》荣获最佳编曲人奖；十年后的 2011 年，电影《青蜂侠》使用《双截棍》作为片尾曲；再过七年的 2018 年，华晨宇在湖南卫视《歌手 2018》节目中，将《双截棍》重新改编演唱，展现了他对音乐全方位的驾驭能力，博得满堂彩。距离这首歌被创作出来，已有十七年之久，而 2001 年，身为"90 后"的华晨宇才只有十一岁，上小学五年级。在此顺带提一下，华晨宇这位新锐音乐人所改编的《双截棍》，曲风多元，唱腔多变，混合了摇滚、流行、说唱、戏曲，甚至还有音乐剧等形式，在此我只能说："花花，好样的！"

　　钟老师的编曲扎扎实实为这首歌加分，若要论风格，这首歌是纯"杰伦风格"的一首经典之作，一开始便是鲜明又自成一派的"周氏风格"。《双截棍》这首歌几乎是以节奏的形式创作，因此，它的音乐性与节奏感在录 demo 时，雏形早已形成，而编曲老师则细化了整首歌的精确度，使其在听觉上更有画面感。

　　编曲上，电吉他音色作为整首歌的基调底色，形成了躁动又极具有力量的开场，再以架子鼓进入节奏。中国风调性的锣和传统的打击乐器穿插其间，让整首歌的节奏感很东方，形成周同学独树一帜的说唱中国风。

这首带着摇滚色彩的 rap 歌曲，虽然有和弦，但实际上并没有主旋律，最重要的还是节奏。在这首歌里，节奏是王道！这方面周同学是练家子，他 rap 饶舌的速度与流畅度几乎让人听不出是亚洲人所唱。

值得一提的是，当唱完"想要去河南嵩山，学少林跟武当"之后，加入了一段突如其来的钢琴，实在令人大呼过瘾。《双截棍》的曲风刚柔并济，它以摇滚的形式加上超快的 rap 念词，创作出了一种武术风格歌曲。

在 2002 年，因为《双截棍》的 MV 透过 MTV 台的国际音乐频道在全球各地播送，竟在意大利引起一拨不小的回响，因此 BMG（Bertelsmann Music Group）唱片决定在意大利发行《范特西》单曲 EP，单曲 EP 只收录《双截棍》《简单爱》这两首歌和《双截棍》的 MV，当时周同学还令许多意大利女孩为之着迷呢。

我在创作这首歌时，刚开始拿到 demo 带迟迟不知怎么下笔写第一句，后来某天晚上跟宪哥和康康去吃炭烤，也就是岩烧店，这首歌词创作的按钮在离开岩烧店后被按下了，只不过当时那家岩烧店的旁边，其实并没有国术馆。

下面详细聊一下"岩烧店的烟味弥漫，隔壁是国术馆"里的"岩烧店"。岩烧是一种料理方式，就是以热源加热石材后烹饪食物的做法，将肉烤熟，是人类懂得用火之后学习的烹饪方法。现今普遍认同岩烧是由澳大利亚的原住民毛利人所发明的，但不是任何岩板都能当毛利人的岩烧器具，岩烧的岩板取自澳大利亚一种火山的喷浆岩，这种火山岩有很好的蓄热力以及耐热力，石材的质地细致、传热均匀，不会产生沙子或杂质，非常适合用来烧烤食物。只需要淡淡的盐，就可以烤出各种食物的原汁美味，这种料理方式后来也被其他国家与地区广为使用。歌词里聊美食的烹饪方法，嗯，我觉得蛮有创意的。

再来聊的是"干什么，干什么，呼吸吐纳心自在"里面的"干什么"，干什么是客家话中"做什么"的意思。这里想多聊一下客家人，因为我本身就有客家的血统。客家人，或者正确地说，是客家民系，是汉族族裔的一个分支，是中国唯一一个不以地域命名的汉族民系，因为分散在不同的省份，主要有粤东、闽西、赣南，还有台湾的桃竹苗（桃园市、新竹市、新竹县、苗栗县）一带。历史上客家人因朝代更迭、战乱等因素，几次衣冠南渡，大规模南迁。也因此，所有客家人的堂号均为华北诸省，以我为例：我爷爷出生于赣南于都，我方姓族裔的堂号为晋阳堂，而晋阳堂所在地则来自山西省，山西省会太原古称晋阳。据估计，全球有八千多万客家人，其中有五千万人分布在中国十九个省，但这十九个省是很极端的分布，主要还是广东，其次是福建、江西、四川和广西，而单单广东省一地的客家人就占了两千五百万左右，另外还有约六百万人分布在香港、澳门和台湾等地，其他的一千五百万人则分布在世界上其他国家和地区。可以说，客家人是世界上分布范围最为辽阔、影响较为深远的汉族民系之一。

接着我们聊聊双截棍，有人说，双截棍是由宋朝的开国皇帝宋太祖赵匡胤所创。这种说法我觉得有点扯太远了，因为宋太祖赵匡胤所创造的双截棍，是一长一短的结构，跟现在的双截棍不是同一种武器，目前的文献资料上也没有双截棍从何而来的标准答案。海外武术界流传的说法，是李小龙从菲律宾武术家伊诺山度那里认识到双截棍这种武器后甚为热爱，进而开始学习，成为耍双截棍的高手，并且将它发扬光大。

双截棍是由两个棍体和一条棍链组合而成，得以施展出各种华丽的动作，而且它软中带硬、柔中带刚的特质，加上相较其他兵器有着携带便利的优势，使它受到许多武术运动者的热爱。传奇功夫天王李小龙在他的电影中惯常使用的武器，就是双截棍。

很多人误以为双截棍是中国传统武器的一种，其实十八般武艺的兵器中，没有双截棍。这十八种武器分别为：弓、弩、枪、刀、剑、矛、盾、斧、钺、戟、鞭、锏、镐、棍、叉、耙、锦绳套索、白打。

　　《双截棍》这首歌的歌词里所描述的武术专有名词，分别是铁砂掌、金钟罩、铁布衫、轻功。铁砂掌主要练习方法有拍法、切法和印法，反复拍打锻炼，使其筋骨结实，皮肤经过长期与铁砂摩擦，会形成类似茧般的硬皮，这个过程中还必须配合浸泡药物。不过一开始，是先以细沙练习，最终才是铁砂。再配合气功同步锻炼，电视特技节目中常见的劈砖头，估计也是铁砂掌的一种，空手道也常以劈砖头来展示其功力。

　　金钟罩和铁布衫都是冷兵器时代的护体硬功，金钟罩以内功修炼，铁布衫则为外功锻炼。内功主要跟道教与气功有关，而外功则跟铁砂掌差不多，都是借由外力的反复拍打，使筋骨结实，实战对打时，比较不畏惧对手的击打。这两种功夫的展现，常见于武侠小说与影视作品中，但说实在的，一般人应该也不太可能会相信血肉之躯的人可以凭借金钟罩和铁布衫而刀枪不入、水火不侵。上战场如有这等功夫，恐怕都不需穿防弹背心吧。

　　真实的状况，应是这两种功夫的战斗力被夸大、被神化了，它们的名字就带着修辞学的夸饰，就像青花瓷里那句"炊烟袅袅升起，隔江千万里"，有哪条江的宽能有千万里呢！但如果唱成隔江几百里，能听吗？况且现实世界也没有几百里的江，你总不能唱成"炊烟袅袅升起，隔江一二里"吧。

再来聊少林，少林功夫是真实存在的武术派别之一，也是中国武术体系里最为庞大的门派，少林寺就是少林功夫的发源地。少林寺最著名的有正史记载的事迹，是"十三棍僧救唐王"，唐王就是李世民。到了明代，少林僧人也被朝廷几次征调参与对外战事，并屡建奇功。此时的少林寺武功在全国武术界的权威地位，已牢不可破。可惜的是，民国初年，军阀混战，少林寺被冯玉祥的部下石友三纵火焚烧。基本上，清代以前历朝所建的庙宇、佛殿等均被烧毁，还有一大批珍贵文物及五千多卷藏经也都化为灰烬。现在的少林寺只有塔林是原本的千年建筑，其他都是新修建的。讲到这里，唉，实在恨得牙痒痒，这么一个武学的千年古刹，竟然因军阀间的私人恩怨，就这样毁于一旦。

平复一下心情，我们再来聊武当。武当与少林，一个道教，一个佛教；一个内家功，一个外家功。所谓"北崇少林，南尊武当"，与少林寺齐名的就是武当派。在金庸小说里，少林与武当，都属名门正派。武当派源自武当山，而武当山各个不同的道教派别，被统一说成武当派，主要源于晚清至民国初年的武侠小说，至此武当派之名，已然成为一种江湖武术的门派。

当然武当拳确实是存在的，属于内家拳，但武当功夫的称号，完全拜武侠小说所赐。总之少林功夫与武当功夫是货真价实的中华武术，而且是有其脉络可循的武术派别。但金钟罩与铁布衫，我个人认为，绝对是被夸大战斗力的功夫。

再来聊太极，在此需声明的是，太极跟太极拳，完全是两个概念，如以学校上课的科目类比，太极是哲学，太极拳则是体育。太极是中国的一种哲学概念，主要来自《周易》，如"易有太极，是生两仪。两仪生四象，四象生八卦"，指的是宇宙万物形成的变化与状态，而且跟道教有着密不可分的关系。我们所熟知的太极图，为北宋周敦颐所创，他的哲学著作《太极图说》里便有此图，所以，北宋以前是没有这张太极图的。

请注意，太极之学说概念来自《易传·系辞上》，但太极图却迟至北宋才被创造出来。不过，一般影视作品基本上是不会从事学术考据，管他是汉代还是唐朝，只要有道士及道教的场景，常出现太极图。我们只能说，瞎扯淡！因为北宋以前是不可能出现太极图的。顺带一提的是，众所皆知，韩国国旗的样式，即为太极图与八卦之图样，只是其太极图并非黑与白，而是蓝红两色，而且它也不是八卦，它只有四卦，分别是：乾、坤、坎、离。

太极拳是武术的一种派别，武术界一致公认，河南的陈家沟为中国武术太极拳发源地，所以，也有所谓的陈家太极拳之称号。陈家太极拳的武术祖师爷上可推至武当派的创始人张三丰道士，近代有史可查的太极拳大师则为杨露禅，光绪皇帝的老师翁同龢就曾见过杨露禅比武，说他："进退闪躲神速，虚实莫测，身似猿猴，手如运球，或太极之浑圆一体也。"还送了一副对联给杨露禅：手捧太极镇寰宇，胸怀绝技压群雄。至此太极拳威名不胫而走。现代学习太极拳的人远远超过少林拳法的习武者，主要因为太极拳被定调为有健身作用的养身拳，而少林拳法更多地用于实战。

好的，接着我们聊轻功。虽然在我看来轻功与金钟罩、铁布衫一样，都是被神化了的武术，但并不是金钟罩、铁布衫和轻功有问题。事实上，以古法循序修炼，这三种武术，还是有一定程度的御敌功能的。只不过当它们出现在通俗的武侠小说与影视作品里时，难免为了情节好看、画面有戏剧张力，被神乎其神地夸大。在电影或武侠小说中，总形容轻功起如飞燕掠空，落如蜻蜓点水，着瓦不响。但其实观众与读者也都心知肚明，轻功断无可能练到草上飞、水上漂的境界，那样违反真实世界的物理定律。但话说回来，古代所谓的飞檐走壁，是可能的。并不是因为古代的武术高手真的身怀轻功之绝技，而是古代的建筑物墙壁通常都为砖砌或石材所堆砌，再加上古代建筑的屋梁都不高。运动神经发达的一些练家子，有可能徒手攀墙而上，而在屋瓦上行走，形成所谓的飞檐走壁。因古代不论砖砌或石堆的墙面，通常都凹凸不一致，常有缝隙，当年的习武之人有可能如现代攀岩高手一样，一路攀墙而上。但现代那些钢结构与玻璃帷幕的大楼只有光亮的大理石墙面与大面积的落地玻璃墙，滑不溜的，你要怎么飞檐走壁？摔都摔死了。所以，现在的攀岩高手，如穿梭时空回到古代，则一定能成为轻功高人。

最后的分享是重点，聊聊我所认知的李小龙。说到李小龙，许多人都知道他是一位极具传奇性的武打巨星，却很少有人知道，李小龙其实还是一名武哲思想家——武术跟哲学，便是李小龙从武术的锻炼中，所悟出的道理。

李小龙的师傅叶问曾经这么说过："李小龙的个性过于刚强，争强好胜，习练中华传统武术，最重要的是修行，而不是一味地张扬表演。无法领悟武术之道的修行之心，便算不上一流的武术家。"但后世对李小龙的评价，与师傅叶问所给的评价似乎很不一致，事实究竟如何，随着一代巨星的陨落，已经无从查证。叶问曾直接断言，李小龙将因"无法领悟修行的个性问题"而导致英年早逝，但我认为是巧合，我不认为叶问可以铁口直断李小龙的生死。

李小龙在事业如日中天的时候，因为一个至今没有明朗的病因而逝世。他的离开使全球影迷愕然与痛惜，一位开拓了武打电影历史传奇的巨星的离去就如同他的崛起一样，充满了戏剧性。顺带一提的是，kungfu 这个英文词，是因为李小龙才增加的。

李小龙，这位永远的武打巨星，离开我们已经四十六年了。他的最后一部电影《死亡游戏》没有拍完，就猝死了，当时只有三十三岁。这个遗憾是永恒的，而他神一般的地位，也是永恒的。

如果李小龙还活着的话，那么现在也快八十岁了，是爷爷辈的人物。1940 年，李小龙出生于美国旧金山唐人街医院，因此他有双重国籍，一个是美国，另一个是英属香港。很意外吧，他在世时并没有中国的护照，但这只是法律上的身份，血液里和文化里，他比谁都拥有一颗中国心。他在电影中都是以华人或中国人的身份对抗外在的欺凌，伸张正义。其实大陆与台湾、香港对他的族裔认同度很高，他就是咱们自己人，几乎没人把他当美国人看待。四十六年前，他的每部电影都在全球范围内发行，他是好莱坞电影工业的首位华人主角，从一开始的《唐山大兄》在十几个国家放映，到《龙争虎斗》时已在二十几个国家上映。你能想象吗？四十六年，将近半世纪前，以华人演员与华语为主的电影，竟然可以在美国、日本、法国、意大利、德国、西班牙、土耳其、匈牙利等国家上映。纵使在四十六年后的今天，又有哪部华语片可以一发行一上映就卖出二十几个国家的版权，然后全球上映？李小龙一连五部电影都如此。此纪录四十六年后也无人能破，而他所奠定的影坛地位与全球性的知名度，至今也无人能及。

李小龙另一个不凡的成就便是单凭几部电影，竟然能够重新塑造华人的形象，在此之前，欧美各国对华人的印象就是个头高瘦，留着两撇过长八字胡，面目阴险的傅满洲（傅满洲为1913年英国小说家所虚构的人物），十几本小说与后续十几部与他有关的电影，早已把傅满洲的形象与华人画上等号。国际上的华人形象，不是邪恶的傅满洲，便是东亚病夫型的宅男。但李小龙重新创造出一个热血正义、身手不凡的华人形象，以至有段时间，很多外国人都以为只要是华人都会功夫。除此之外，他还将中国武术的知名度提升到柔道、跆拳道、空手道的相同级别。这种文化输出的成果，得花多少国家预算、规划多少年？而这便是李小龙在四十六年前的影响力。

一般来说，大家都会将李小龙视为不朽的武术家、东方传奇以及功夫之王，似乎他的武术家背景远远大过他的演员身份。其实李小龙的身份是多重的，除了功夫之外，他还是演员、编剧、导演、作家，以及恰恰舞冠军。先说编导的身份，不论是故事构思还是武术招式编排他都参与很深，像《龙争虎斗》，就是他自己编剧与执导的。再来是作家，他发表了很多以哲学角度思考武术的文章，而且也撰写了跟截拳道相关的书籍。此外他还酷爱跳恰恰，少年时期甚至曾获得全港恰恰舞邀

请赛冠军。最后是他的演员身份，他从八岁开始到二十岁，参
与了二十部以上的电影演出，而他首部担纲主角的电影《细路
祥》深获好评，影评人对他的评价为"天才童星"，他在西雅
图华盛顿大学时也主修戏剧。

他另外两个重要的身份是演员与舞者，结合他的武术家身
份，塑造出独一无二的李小龙。因为他的打斗带有舞蹈的节
奏，暴力动作似乎伴有绝美的旋律，动作非常具有仪式感，个
人风格强烈，在将对方击倒后，还发出"阿打"这样的呐喊。

李小龙逝世后，影响力也未减，1993年美国好莱坞星光大
道铺上李小龙纪念星徽，他被《时代杂志》选为"20世纪的
英雄与偶像"，日本人称他为"武之圣者"，而武术杂志《黑
带》将他评为"世界七大武术名家之一"，洛杉矶市政府将《死
亡游戏》的开映日6月8日定为"李小龙日"，2008年央视播
出的五十集电视连续剧《李小龙传奇》屡创收视新高，还有昆
汀所执导的"杀死比尔"系列，女主角乌玛·瑟曼所穿的黄黑
运动服就是参考了《死亡游戏》。在世界上，很少有亚洲面孔
的武术家可以像李小龙这样。影迷对他的偏爱，早已突破了国
家、地区、种族的限制，并且在他逝世四十六年后，他传奇的
个人魅力，未见有丝毫的衰退，甚至一代代延续下去。

天青色等烟雨

娘子　娘子却依旧每日折一枝杨柳
你在那里　在小村外的溪边河口
默默等着我

娘子依旧每日折一枝杨柳
你在那里　在小村外的溪边
默默等着　娘子

一壶好酒　再来一碗热粥　配上几斤的牛肉
我说店小二　三两银够不够
景色入秋　漫天黄沙掠过
塞北的客栈人多　牧草有没有　我马儿有些瘦

世事看透　江湖上潮起潮落　什么恩怨过错
在多年以后　还是让人难过　心伤透
娘子她人在江南等我　泪不休　语沉默

娘子却依旧每日折一枝杨柳
在小村外的溪边河口
默默地在等着我
家乡的爹娘早已苍老了轮廓
娘子我欠你太多

娘子

收录于《Jay》

作于 2000 年

曲＼周杰伦

：

一壶好酒　再来一碗热粥　配上几斤的牛肉

我说店小二　三两银够不够

景色入秋　漫天黄沙掠过

塞北的客栈人多　牧草有没有　我马儿有些瘦

天涯尽头满脸风霜落寞　近乡情怯的我

相思寄红豆　相思寄红豆

无能为力的　在人海中漂泊　心伤透

娘子她人在江南等我　泪不休　语沉默

一壶好酒　再来一碗热粥　配上几斤的牛肉

我说店小二　三两银够不够

景色入秋　漫天黄沙掠过

塞北的客栈人多　牧草有没有　我马儿有些瘦

世事看透　江湖上潮起潮落　什么恩怨过错
在多年以后　还是让人难过　心伤透
娘子她人在江南等我　泪不休　语沉默

娘子却依旧每日折一枝杨柳
在小村外的溪边河口
默默地在等着我
家乡的爹娘早已苍老了轮廓
娘子我欠你太多

一壶好酒　再来一碗热粥　配上几斤的牛肉
我说店小二　三两银够不够
景色入秋　漫天黄沙掠过
塞北的客栈人多　牧草有没有　我马儿有些瘦

天涯尽头满脸风霜落寞　近乡情怯的我
相思寄红豆　相思寄红豆
无能为力的　在人海中漂泊　心伤透
娘子她人在江南等我　泪不休　语沉默

娘子　娘子却依旧每日折一枝杨柳

你在那里　在小村外的溪边河口

默默等着我

娘子依旧每日折一枝杨柳

你在那里　在小村外的溪边默默等着

娘子　娘子却依旧每日折一枝杨柳

你在那里　在小村外的溪边河口

默默等着我

娘子依旧每日折一枝杨柳

你在那里　在小村外的溪边默默等着

娘子

　　《娘子》是周同学亲自编曲的一首歌，这首歌可算是他中国风歌曲的开山之作。跟经典的《青花瓷》相比，这首《娘子》更像一首前卫的实验音乐。这首歌曲式上为两个和弦穿插进行，配唱的主旋律是在和弦上衍生出来的。编曲的配器很简单但又不简单，简单在于只有一把吉他、节奏鼓、贝斯与和音；不简单在于，这首歌完全脱离了所有华语流行音乐的曲调跟作曲模式，这其实相当不容易。而且 R&B 的编曲曲风跟歌词形成的中西巨大反差也带来惊喜，这首歌不跟着歌词的韵脚段落走，而是让歌词文字跟着它的曲式律动走。编曲上还不按常理出牌，这首歌的音域之小，也是很罕见的，连人声带乐器基本集中在两个八度以内，配器上，就是吉他、贝斯、鼓，还有多轨人声的合音。可以说，他并没有刻意营造所谓的"中国风"。

娘子

这首曲子可以说特别到无法形容，在此之前，华语地区还真的没有出现过这样的曲子。《娘子》不属于任何一个曲风的类别，它没有流派，也没有和弦框架与和声的套路。一般而言，凄美与离别氛围的古风歌曲，会有一种常见的和声套路，营造出一种悲凉伤感。但这种套路用多了，比较挑剔的耳朵其实分辨得出来，而且容易腻，甚至很难再被打动。而《娘子》这首歌却脱离了华语音乐传统作曲结构的模式，这是华语乐坛从来没有过的音乐类型，或许可以称为"周式曲风"！

总体来讲，大致上你会感受到这首歌的荒漠感和孤寂感，却说不出是属于东方还是西方，因为它是完全天马行空的。首先在曲式上的某些段落，第一个重拍会空掉、留白，如此就已经打破了我们的听觉习惯，因为周同学完全不按照汉语韵脚律动的常规去唱，重音会放在尾拍，尾音却反而搁在强拍。仔细听"娘子却依旧每日折一枝杨柳，你在那里，在小村外的溪边河口，默默等着我"这段，会发现空拍的地方并不是依照词意韵脚的段落而下，他将汉语的四声简化了，在这段歌词里，基本上他全唱成了四声。此外，这首歌的节奏感很强，但咬字不清，这种咬字不清，反而平滑了汉字的棱角，于是在节奏律动上更加突出了听觉上的节奏切分。只能说他，好样的！"节奏"是这首歌最难的部分，没有很深厚的音乐底蕴和天赋，恐怕很难完全驾驭这样的节奏感。

准确地讲，《娘子》并不是一首框架内的华语流行歌，它该归类为创新的音乐模板，一种新的创作教材。把周同学的这首歌讲得这么神乎其神，我想应该没有人会跳出来反驳，因为确实如此。当然我并非因为是自己人而捧他，而是他的音乐才华真的有目共睹。

接下来，我们来聊聊跟歌词创作有关的环节。《娘子》这首歌应该是外界较为熟知的我所创作的中国风作品的初期代表作！《娘子》这首歌是广义定义下的中国风，因为它并不像《东风破》那样是词、曲、编曲皆为标准格式的中国风创作。这里所指的"标准格式"，指的是五声音阶的作曲，中国古典乐器的编曲和配乐，再加上仿古诗词元素的歌词创作。因为《娘子》的曲风是R&B，歌词有rap部分，在编曲上也没有采用任何传统的中国乐器，整体的曲风一点也不"中国"，只在歌词上有着浓厚的古典元素，如"景色入秋""漫天黄沙掠过""塞北的客栈人多""牧草有没有""我马儿有些瘦"……或许当初也正因如此中西合璧的创作让人耳目一新，而受到乐坛的关注吧！

我在创作《娘子》的时候写了两版风格迥然不同的歌词，一版是一般情歌的主题，另一版则是最终的《娘子》。其实那时我也没预设立场一定要用哪一种，在没有任何人为干预的情况下，周同学选用了《娘子》这首落差极大的歌词版本。说它

落差大，是因为其词意跟原有的旋律给人的想象及画面感是毫
不相关的。但或许如此，反而想象空间更大，因为《娘子》这
种仿古诗词元素的歌词与偏 R&B 编曲形式的曲风再加上 Hip-
hop 节奏，如此大胆结合，给我们一种新的听觉感受，正是这
首歌让我第一次入围了台湾金曲奖。这样的结果鼓励了我，让
我在之后的歌词创作上，可以尽情地施展拳脚，毫无束缚充满
自主地创作。某种程度上，也算因为这首歌开启了日后所谓的
中国风创作。

　　在歌词创作上，我赋予了《娘子》一个对比的时空背景，
一是离乡的游子在塞北的客栈，二是家乡的娘子守候在烟雨的
江南，一北一南的位置，是为了刻意营造出一种距离感。在写
第一段主歌歌词时，我脑海中浮现的画面是电影里常出现的客
栈，于是歌词中出现大量诸如酒、马、牧草、店小二以及三两
银等词。接下来的副歌，我用"杨柳"来代表离别，因为"柳"
谐音"留"，所以古人常在离别时折柳送行。我将这个概念填
写在副歌"娘子却依旧每日折一枝杨柳，在小村外的溪边河口，
默默地在等着我"的部分，最后，故事里的游子虽感念"家乡
的爹娘早已苍老了轮廓，娘子我欠你太多"，但还是近乡情怯
地仅仅寄出象征相思的红豆，而始终没有回去过。这首歌只有
一个不完美的结局，没有大团圆的那种美好，但反而余韵缭
绕，让人为之回味再三。

　　《娘子》歌词中那些刻意强调的故事线与画面感并非信手拈来，或单凭抽象的灵感而创作，而都是有意识的经营。像《娘子》歌词中"我说店小二三两银够不够"，店小二与三两银这两个名词就已经传递了大众认知中的客栈文化。应该说，在歌词创作上，我一直偏好经营与酝酿出一个可以被故事依附的时空，如《上海一九四三》的年代背景为第二次世界大战，《爱在西元前》的年代设定在美索不达米亚文明时期，《威廉古堡》则是在中世纪的欧洲，还有《青花瓷》的故事背景就是烟雨江南，这是我创作的习惯，歌词主架构有着明显的场景画面感。通常描写一个人悲伤时，我会具体描述出他是在哪个地方、哪个场景、哪个时空下悲伤。而不是伤心了老半天，却还不知道故事主角身在何处，因为我很重视画面感，不会只填写偏情绪字眼的词。这种会兼顾情绪文字与画面感用语的创作习惯，从我进入这一行就已经开始。《娘子》这首歌，算是我早期所创作的歌词作品中，很经典的具备特定时空背景的一首。

　　歌词里较为特别的几个关键词有"三两银""娘子"和"杨柳"。首先来聊"三两银"，此处所指的银两是古代的一种货币，一两相当于现在的三十七点七五克，但古代的银两，其成分、大小以及含银的纯度，差距颇大。在不同朝代和不同郡县，都有着不同的熔铸形式。现代的我们很难想象，各朝各代基本上均无全国统一的银两规范。古装剧里的常见船形银锭，所谓的元宝形状，一直到明代才成型，也就是说在明代以前，虽然银锭货币早已流通多年，最早甚至可远溯至战国时期的楚国，但其铸造的形状，却非两头翘起的船形元宝状，而是呈扁平状。所以简单地说，古装剧中如果明代以前出现了元宝形状的银两，那就是错误的道具。至于歌词里为何不用二两银、一两银？其实是有句俗谚的影响，那就是"天无三日晴，地无三里平，人无三两银"。而这句谚语指的是何处呢？就是形容早期的贵州，因地势与气候的影响，贵州几乎没有平原，对比其他省份确实较为贫困。在两千多年前有个大名鼎鼎的夜郎国，在贵州立国三百多年。此夜郎国，为中国西南地区少数民族所建立的第一个国家，成语"夜郎自大"的故事讲的就是夜郎国的国王问汉朝的来使："汉朝与夜郎哪一个国家的版图大？"因为他对汉朝的情况不了解，一直认为自己的地盘非常广大，谁也比不了。使者听了不禁哑然失笑，便向他做了介绍，他仍然不信。此外，贵州还有两个全国甚至应该说是全球知名的品牌，一是有着八百多年历史的茅台酒，茅台制酒的工艺配方与云南白药的制药配方一样，被列为国家机密加以保护。除茅台酒这个高大上的贵州品牌外，另一个知名品牌是老干妈辣椒酱，很难想象吧！不过确实如此，几乎每个华人都知道老干妈。在我看来，喝茅台、吃牛肉、蘸老干妈辣椒酱，实为人生一大乐事！

再来聊的是在这首歌中反复出现的"娘子"。娘子这个称谓，现在的理解就是古代对妻子的称呼，这样的理解当然没有什么问题，但这个称呼并不是一开始就专指妻子，实际上它经过历代的演变。一开始娘子专指未婚的女孩，是当时一种通俗叫法，原意是用来形容年轻的女孩，也就是少女。一直到元代以后，娘子才开始专指丈夫对妻子的称呼，同时也是对新婚女子的一种敬称。除娘子外，对老婆的称谓还有很多：夫人、拙荆、贱内、妻子、太太、老伴、内人等，真的是不胜枚举。还有大陆也会将妻子称为爱人，不过此处的爱人，同时也可以指丈夫；而台湾早期也将妻子称为牵手，不过一般称呼牵手时，都是以闽南语发音。

再来我们聊杨柳。前文提到，"柳"与"留"谐音，折柳是送别的一种象征，折柳送别的习俗始于汉代。说到柳树不可不提"柳絮"，今天在这里就跟大家分享一则跟柳絮有关的文学典故。《世说新语》里提到，东晋一代名将谢安在一个寒冷的冬日里，将族人们聚集在一起，饮茶聊天，谈诗论词，这时候屋外突然大雪纷飞，雪来得快又急，于是谢安说："白雪纷纷何所似。"意思是：这纷飞的大雪像什么呢？谢安兄长的儿子马上说："撒盐空中差可拟。"他的意思是：将白色的盐往空中抛洒，也就差不多可以比喻成雪。此时，另一个侄女谢道韫说："未若柳絮因风起。"所以这位东晋才女后来也被称为"咏絮之才"。我有一首歌词也跟谢道韫这句话有关，那就是写给南拳妈妈的《花恋蝶》：

幽幽岁月　浮生来回　屏风惹夕阳斜
一半花谢　一半在想谁　任何心事你都不给
油尽灯灭　如斯长夜　我辗转难入睡
柳絮纷飞　毕竟不是雪　感觉再也找不回

　　这里的"柳絮纷飞，毕竟不是雪"，创作来源便是那句"未若柳絮因风起"。虽然柳絮比撒盐的意境更雅更高，但再怎样高雅，再怎么像，它也不是真的雪。

　　《娘子》这首歌的歌词里有句"景色入秋，漫天黄沙掠过，塞北的客栈人多，牧草有没有，我马儿有些瘦"，这里的客栈，也就是今天的酒店。顺带一提，酒店在台湾指的是夜总会，台湾习惯将旅客住宿的地方称之为饭店，而不是酒店。所以呢，十几年前，我刚到大陆办签书会的时候，他们问我住的酒店是哪里，我吓了一跳，在台湾等同于住在夜总会的意思。

　　歌词里的客栈为古代酒店的称呼，但这个词却是在近代受通俗武侠小说与影视作品的影响而流行起来的。古代的客栈，也就是今天的酒店，其称谓在历朝历代不尽相同。从最早的客舍、谒舍，到客店、商馆、驿站等。这其中，不单有专供王朝版图内的自己人旅途中休息，还有为国外远道而来的旅客提供服务的专门酒店。如汉代的蛮夷邸，南北朝时期的四夷馆，隋代的典客署还有宋代的都亭驿、来远驿以及同文馆等，虽然名称不尽相同可是用途都是一样的。在此跟大家分享一下，我歌词作品中提及"客栈"的创作。除了《娘子》外，还有大家都耳熟能详的《红尘客栈》，"红尘客栈风似刀，骤雨落宿命敲，任武林谁领风骚，我却只为你折腰"，另外一首则是张晋的《东西》，"一路叫风霜，一地叫沧桑，一座叫客栈，那一轮叫夕阳，一亮刀，叫作嚣张，满脸的胡楂叫剽悍"。

客栈聊完了，我们来聊一下江南。江南到底是一个什么样的地方，居然可以成为一种文化的代名词，一个风格的形容词，一个在中华历史上具有代表性地位的词？江南究竟有着什么样的魅力，就连康熙、乾隆两位清朝的皇帝都流连于此？这个历史悠久的地域名称，有地理上的江南、文化上的江南、诗词上的江南、建筑上的江南以及艺术上的江南等非常多的面相。

若是地理上的江南，基本上可以分为狭义与广义两个部分。狭义上的江南仅指如今的长三角一带，范围在江苏南部的苏州、无锡、常州，以及浙江的杭州、绍兴、宁波、金华、嘉兴一带，还有上海地区。而广义的江南可就大多了，如今的浙江省、江苏省、上海市全境、江西省、安徽省、湖北省等地区都属于大江南的范围。江南是中华文明的发源地之一，有着杭州和南京等古都，更有众多大家耳熟能详的历史名城，如苏州、绍兴、宁波、无锡、徽州等。在历史上，这些地区长期以来是东亚最为庞大的城市群和经济区域。

文化上的江南，则是大家更熟悉的江南，就是当人们说起江南，脑海里就自动浮现出来的那些景象——天堂胜景，世外桃源，鱼米之乡，佳丽之地。我们从千百年来的诗词、绘画作品中所体验到的江南概念，便是现今的江南文化。文人作品中的江南，已从地理概念成为一种诗情画意、韵味万千的创作概念，使江南成为一个代表着美丽与富庶的词语。

这个人杰地灵的地方还诞生了许多才子佳人，在唐宋两代的繁盛时期，作为江南文化主体的吴越文化，经过千年的历史洗练，绝佳的地理环境使人们富裕，进而开始在乎生活的质量。吴越文化在盛唐时期造就了人文荟萃的盛世江南。在唐代，根据统计有五六百位诗人都留下了跟江南有关的诗词作品，总量大概有一千首之多。唐诗与宋词也为江南这个富饶之地添增了丰富的墨彩。唐宋以后，江南地区同姓宗族兴学广设学塾，特别注重家庭教育。江南一地人文荟萃、钟灵毓秀，根据史料统计，在清代，江南贡院总共出了状元五十八人，这占清朝全国状元总数的52%。一个考场就有超过全国半数的诞生状元的概率，可见江南地区从古代就学霸尽出，各个铆起来读书。

前面提到，客栈一词在我创作的三首歌里用到过，那江南呢，我算了算，总共有八首用到过。

第一首当然就是《娘子》：

世事看透
江湖上潮起潮落　什么恩怨过错
在多年以后　还是让人难过
心伤透
娘子她人在江南等我
泪不休　语沉默

有柯有伦演唱的《天地了断》：

我走笔轻画过江南
回忆弯了几道弯
墨色勾勒出了斜阳
我晕开了伤

还有一首多年前写给杭州的歌《城市幸福感》：

江南丝竹诗歌尽成行恋人成双
河坊街上龙井飘茶香

乡愁在风中被酝酿

再来一首是央视多年前一首中秋节的应景歌《在水一方》：

这垂杨又绿了江南　而青苔也绿了老墙
我舀一勺月光　一宿一醉一路上

还有费玉清与张靓颖合唱的《山水合璧》：

你归隐不与谁为难
屡屡以笔锋酝酿
这满纸的秋意江南

当然还有大家熟悉的《青花瓷》里也有提到江南：

篱外芭蕉惹骤雨门环惹铜绿
而我路过那江南小镇惹了你

再来是帮魏晨写的《伊人》：

伊人深闺　在江南委婉
细腻地对你儿女情长
拱桥弯弯　瓦片带霜

却冻不伤你清秀的模样

最后一首则是为江南黄酒古越龙山写的同名歌曲《古越龙山》：

古越凭龙山　我举杯　品无双
曲水流觞　兰亭对饮击掌
这天地微醺　我独酌梦江南

天青色等烟雨

天涯的尽头是风沙
红尘的故事叫牵挂
封刀隐没在寻常人家　东篱下
闲云　野鹤　古刹

快马在江湖里厮杀
无非是名跟利放不下
心中有江山的人岂能快意潇洒
我只求与你共华发

剑出鞘恩怨了　谁笑
我只求今朝拥你　入怀抱
红尘客栈风似刀　骤雨落宿命敲

任武林谁领风骚
我却只为你折腰
过荒村野桥寻世外古道
远离人间尘嚣
柳絮飘执子之手逍遥

檐下窗棂斜映枝丫
与你席地对座饮茶
我以工笔画将你牢牢地记下
提笔不为风雅

灯下叹红颜近晚霞
我说缘分一如参禅不说话
你泪如梨花洒满了纸上的天下
爱恨如写意山水画

红尘客栈

收录于《12新作》

作于2012年

曲／周杰伦

剑出鞘恩怨了　谁笑

我只求今朝拥你入怀抱

红尘客栈风似刀　骤雨落宿命敲

任武林谁领风骚

我却只为你折腰

过荒村野桥寻世外古道

远离人间尘嚣

柳絮飘执子之手逍遥

任武林谁领风骚

我却只为你折腰

你回眸多娇我泪中带笑

酒招旗风中萧萧　剑出鞘　恩怨了

　　《红尘客栈》的第一段歌词，里面有很多耐人寻味的关键词，它们都带着画面感与故事联想，譬如天涯、红尘、东篱、江湖以及华发。

　　当初在构思歌词时，第一时间联想到的就是大家都耳熟能详的马致远的那首《天净沙·秋思》：

　　枯藤老树昏鸦，
　　小桥流水人家，
　　古道西风瘦马。
　　夕阳西下，断肠人在天涯。

　　我觉得"天涯"这个词有两个面向，一是旅行感十足，二是游子情怀浓厚。一般天涯就是形容极远极偏的地方，带有浪漫的色彩，所以很多诗词作品里都提到了天涯这个空间概念，如王勃的"海内存知己，天涯若比邻"（《送杜少府之任蜀州》），还有白居易的"同是天涯沦落人，相逢何必曾相识"（《琵琶行》），以及张九龄的"海上生明月，天涯共此时"（《望月怀远》）。据考证"天涯"这个词最初可从东汉《古诗十九首·行行重行行》里找到，"行行重行行，与君生别离。相去万余里，各在天一涯"。对了，李叔同那首传唱百年之久的骊歌《送别歌》，歌词里也写道："天之涯，地之角，知交半零落。"至于《红尘客栈》歌词里的"天涯的尽头是风沙"，那天涯究竟有没有尽头呢？倘若天涯真的有所谓的尽头，耗费多少时间才走得到？何年何月才到得了呢？其实没那么悲情，也没那么复杂，上网买张飞机票飞到海南的三亚市，在三亚附近的海边就有"天涯"，甚至连"海角"都有！

　　真实世界的"天涯海角"就在海南岛的海边，但它是石刻的。清雍正年间，崖州知府程哲在一块海滨巨岩上刻下"天涯"二字；民国时期，琼崖守备司令王毅又在其旁边的巨岩上题刻"海角"二字，这下天涯海角就都齐了。

　　接着来聊"红尘的故事叫牵挂"里的"红尘"，这个词最早出自东汉，看来东汉时期的文人创造了颇多的词语。我们现在能用这么简单的两个字，像是天涯、红尘，形容出千百种的意思与美感，都应该归功于汉字的巧妙。因为我们汉字是造词不造字的，而西方因是字母文字，所以每当有新事物新概念产生就必须造新字，但汉字不需要，譬如红尘里的红和尘与天涯里的天和涯，都是原本就已存在的字，但合成之后造了一个新词，就是一个新的词语。所以说，还真的必须给咱们汉字一个赞，这也只有表意文字才办得到。

"红尘"一词，最早出自《西都赋》，是东汉史学家班固所写的一篇赋，这篇赋主要是在赞颂当时的长安都城有多繁华，里面写道："阗城溢郭，旁流百廛。红尘四合，烟云相连。"大意是说城市热闹非凡，车水马龙，街上的红土都飞扬起来，而这飞尘从四方聚集到这个城市里，看起来就像云和烟都融合在一起了，于是红尘两个字就演变成"繁华喧嚣"的意思。红尘通常也伴随着俗世两个字，所谓红尘俗世，这个概念与离尘出家相对。红尘作为繁华人世的象征，在佛经里则是"人间界"的意象，所以说红尘是一个既能用来形容环境，同时也能形容心境的多功能词语。于是我歌词中的"红尘的故事叫牵挂"，解释起来便是我们生活在世间，最在乎的其实就是心里记挂的那个人。"天涯的尽头是风沙，红尘的故事叫牵挂"合起来就是一个人走过了如此多的人生风景，才明白其实最重要的还是心里牵挂的人。

接着分享的是"封刀隐没在寻常人家，东篱下"里的"东篱"，说到东篱，最著名的莫过于晋朝诗人陶渊明的那句"采菊东篱下，悠然见南山"。这里的东篱，如果纯以词本身的原意，指的就是东边的篱笆，但这首诗里的东篱还包含着厌恶官场，不被名利所惑，而遁入田园之意。中国诗歌史上，陶渊明是第一个写了二十几首诗来讲喝酒和田园风光的诗人。他创造了所谓的田园诗体，写诗人摆脱尘俗纷扰后的归隐逍遥，由此可知他有多么热衷田园生活，而我自己也十分喜爱东篱田野这个概念，有花圃小院的田园式传统建筑，相比现在居住的钢筋水泥大楼而言，"采菊东篱下，悠然见南山"可真是令人心神向往的一个场景。

"酒招旗风中萧萧，剑出鞘，恩怨了"中这个酒招旗，其实就是影视作品里常出现的酒旗，也称为酒望、酒帘、青旗等，古代的酒旗就像现代的商店招牌，是最古老的一种广告形式。战国末年的一部作品《韩非子》里就写道："宋人有沽酒者，斗概甚平，遇客甚谨，为酒甚美，悬帜甚高，而酒不售，遂至于酸。"这里的"帜"也就是酒旗的概念，唐朝之后酒旗就变成一个普遍可见的市井招牌，酒旗通常会写上店家的字号，像是我姓方，可能就会写一个方字然后圈起来，悬挂在屋顶或是店铺的前面，让顾客远远地就能看到。我的微观世界作品"长安城"里，也制作了酒旗这种特别的小配件，使街道除了古色古香外，也增添了一点生活的真实感与趣味。

　　最后我们来聊聊"我只求与你共华发"里的"华发"，这个词最广为人知的出处就是苏轼的《念奴娇·赤壁怀古》中的那句："故国神游，多情应笑我，早生华发。"这是苏轼感叹自己多愁善感，很快便会白了头发，他不只是多愁善感，却是因为忧虑时局而早生了白发。而"多情应笑我"其实是"应笑我多情"的倒装，有些无奈有些自嘲地表达了人生如梦的无限感慨。当然啦，压力与忧愁确实会让我们的白发提早出现，而这世界上最公平的就是时间了，不管是帝王将相还是布衣百姓，每个人每天的时间都只有二十四小时。还有唐代元稹那句"华发不再青，劳生竟何补"中的华发指的也是花白的头发，我歌词中的"我只求与你共华发"，白话一点的意思便是我只求与你白头偕老的意思。

　　《红尘客栈》这首歌有许多人翻唱改编，我特别想分享一个很特别的翻唱版本，那就是在第四季的《中国好声音》里，周同学战队中的张旸和李幸倪在导师考核战中的演出版本。他们唱出了悠然的田野风光还有江湖的壮阔无奈，周同学编排的这个版本也完美演绎了《红尘客栈》里那种细腻的情感以及江湖的无奈。李幸倪的歌声就像歌词中的"我以工笔画将你牢牢地记下"般细腻风雅，而张旸融合京剧的特殊唱腔则把歌里"爱恨如写意山水画"中的侠气给演绎出来，搭配得很自然贴切，仿佛这首歌就是在诉说两个人的爱情故事，这两位都是很棒的演唱者。

《红尘客栈》里的很多文字都在试图营造武侠小说的画面，如"快马在江湖里厮杀，无非是名跟利放不下""红尘客栈风似刀，骤雨落宿命敲"，因此，也跟大家分享武侠里"侠"的概念，《新唐书本传》里就记载诗仙李白"喜纵横术、击剑，为任侠"，而侠的概念最早出自《韩非子》中的"儒以文乱法，侠以武犯禁"，韩非子站在法家的立场指出了侠目无法纪、好斗使力的一面。以法家的立场来看，当时侠的概念是负面的，甚至连儒家都是负面的，因为他还说"儒以文乱法"。古代中国有那么一批叫游侠的士人，他们大多属于低阶的贵族，平时修炼文化与武艺，在战乱时就拿起武器为国家打仗，到了战国时期末年，贵族阶级制度崩溃，这批人便分为两类，一类是儒士，一类就是游侠。而太史公司马迁在《史记·游侠列传》中也写到了侠，这些人无视国家法律，只为心中的道义而战，他们识大体、明道义，不顾个人安危解救他人于苦难，但行事偏执，这就是后世侠文化的雏形。

班固在《汉书》中也写了一篇《游侠传》，但从《后汉书》起，官修的史书便不再为游侠立传，此后朝廷正史中对民间侠客的记述也就销声匿迹，但侠并没有就此消失，反而通过戏曲、小说、文章、诗词等形式，扎实地活在普罗大众的心中。但古往今来，侠的角色与国家政权都是对立的，游侠存在于民间江湖，他们无拘无束，不受法制所拘。以白话文写成的章回体小说《水浒传》里的一百〇八位绿林好汉基本上都是侠的化身，当时的侠与现今的黑帮并不相同。因为此刻的游侠并不为一己之私念而牟利，他们大挥旌旗，专惩治那些政府法令下不公的事情，用自己的方式执掌正义，有自己的行事风格，反而受到老百姓的爱戴。

说到古代的侠也就不得不提现今的武侠小说，武侠小说可谓是中国文化里独有的文学创作，据考证中国最早出现且成熟的武侠小说应为晚清时期的《三侠五义》。而"武侠小说"这个名称首次出现，则是因为 1915 年的《小说大观》里的一篇《傅眉史》，这篇小说首次以"武侠小说"之名发表，算算时间距今也已超过百年。民初的还珠楼主及平江不肖生专职于武侠小说的写作，从二十世纪五十年代开始，金庸、古龙及梁羽生等作者，则创造出新派的武侠小说。所谓的新派武侠小说指的是在传统与旧有的武侠小说基础上，添加了西方的写作概念与元素，以较现代的笔触与视野去创作。

我在创作《红尘客栈》歌词时，脑海里的画面就是江湖人士聚集的客栈，此客栈便是武侠小说里侠客们喝酒泡茶的驿站，在这里能听到各类英雄的传说与事迹，也能获知江湖上的种种情报，而我的歌词故事便从这间"红尘客栈"开始，名为"红尘"只因它身在乱世红尘之中，与人的七情六欲割舍不断，借客栈的环境为歌迷传达一种看似平静但风声四起的动荡意象。

　　《红尘客栈》这首歌的编曲老师为黄雨勋，一首四平八稳之作，虽然描述的是纷乱的红尘、厮杀的江湖，但前奏一开头，只有单纯干净的钢琴声，接着由衬底的古筝声带出主歌，随后借由周同学的歌声娓娓道来这段斩不断、离更伤的武林恩怨。这首歌的鼓点很轻，一路跟着，似乎在为副歌的高潮引路，间奏使用的乐器是巴乌，它是彝族与苗族的常用乐器，副歌时的情绪达到最高点，而周同学此刻拉长嗓音的唱腔是他中国风作品中较为少见的唱法，还有，以感叹式的语气唱出"我说缘分"也是这首歌的亮点。结尾则用钢琴与二胡做结束，除中式乐器古筝与二胡外，也用到了西方的弦乐以及爵士鼓，当然还包括钢琴与巴乌。这首歌的音乐画面故事像极了一部武侠爱情片，而周同学以时而感叹、时而悲壮、时而击剑为任侠潇洒走天涯的唱腔，为这首《红尘客栈》增添了一份苍凉悲戚的萧瑟感，此时的他犹如词意里退隐江湖的侠客，不再过问红尘俗事，无奈事与愿违，纵使封刀隐没山林，却始终无法远离江湖尘嚣与心爱之人厮守一生。

　　对我而言，这是一部歌词版的武侠小说，而且是一段故事通俗、结构不复杂的江湖往事，但歌词文字毕竟不是小说，它的信息承载量很小，也因此歌词的语意结构必须言简意赅到令人惊艳，遣词用语也必须独具创意，才能让人在旋律之外还有对文字美的咀嚼空间，所以虽然故事再通俗浅显不过，无非就是一个侠客为了一个红颜知己想退隐江湖的老套故事，但歌词叙事说情转折起伏，却让故事出落得不凡，几乎通篇没有累字赘词，如一开场那段"天涯的尽头是风沙，红尘的故事叫牵挂，封刀隐没在寻常人家，东篱下，闲云，野鹤，古刹"就堪称经典。嗯……这样说自己的作品好像有点怪怪的，那我就暂且将自己当成客观的第三方词评人吧。好的，继续说，像"快马在江湖里厮杀，无非是名跟利放不下，心中有江山的人岂能快意潇洒，我只求与你共华发"也是与上一段相呼应的绝妙好词。嗯……好的，这老王卖瓜，自卖自夸的段落就到此为止吧。

我们来回顾一下歌曲创作上所需具备的一原则，三元素，五结构。所谓的一原则，指的是歌词是为情感服务的，这是无可争议的最大原则，因此歌词写作必须通俗化，还要能引起情感上的共鸣。三元素的第一个是人称代词的使用，第二个是歌词韵脚的掌握，第三个是情感的最大公约数，这三个元素也是歌词创作的基础。五结构在我个人的定义里，就是歌词创作里的五种语法结构，分别是画面、态度、情感、情绪以及故事线。

一原则是歌词创作的王道，歌词的文字结合旋律后一定要让人产生情感的共鸣，进而达到情绪的宣泄，才能为情感服务，这是歌词创作的首要原则。通常歌词的作词人都是被动式客观的写作，透过观察、透过想象、透过专业的文字技巧，去服务唱歌或听歌的人的情感，当然你亲身经历的故事，也可以写成歌词——只是这样的概率不高，而且如果你是专业的作词人，并且累积了很多的作品时，怎么可能那些歌词里的悲欢离合都是你的亲身经历，那这个人的经历也太坎坷、太凄凉、太悲惨了……一下子遇到三角恋爱，一下子遭遇背叛，一下子又陷入热恋，一下子又丧失所爱……所以说，可借由诗人的诗作窥探他的过往，但无法从作词人的创作中得知他的情感经历。总而言之，歌词的情感内容是反映现实生活中的情感关系，通常是爱情部分。

这首《红尘客栈》除了周同学官方版 MV 之外，我因为太喜欢这首充满浓郁武侠色彩的作品，在浙江西塘特地另外拍了支照片版 MV，大家上网搜索《红尘客栈》西塘版 MV，将会看到我所说的这支 MV。当初去西塘取景时，是用拍照片的方式制作这首特别且很有创意的 MV，虽说是照片的形式，可经过后期处理后，MV 拥有了影像般的画面感。拍摄的空间是古镇，里面过场人物的衣着我们也都统一用汉服去表现，但因时间紧迫，里面有些并非纯汉服，有些人穿的是影楼服装，虽然一般非汉服圈的同好基本上不太能一眼辨认出来，但对我而言却是个遗憾，事前准备还不够充分，应该都穿正规传统的汉服才对。除了这首《红尘客栈》西塘版 MV 外，还有一首《天涯过客》也是在西塘拍的，这首 MV 就是"正规军"了，作为官方版的 MV 收录在周同学的专辑中，想想真是一个蛮特别的经历。

既然话题扯到了浙江西塘，那我就顺带为我们的"西塘汉服文化周"小小地广告一下，每年的十月底到十一月初我们都会在浙江西塘举办一个为期五天四夜的"西塘汉服文化周"，此活动现已成为海内外汉服圈的年度盛会，已经连续举办了六届，欢迎大家上网搜索了解及参与，当然我必定会到，因为我是发起人。在此说明一下，所谓的汉服，指的是汉民族的传统服饰，而非汉朝的衣服，不是明代的衣服叫明服，唐代的叫唐服。

我们再说回到歌词创作的领域，如果你要练习填写歌词，我这里有个练习的方法。早期我还没进入唱片圈时，我就是用别人写的歌，填上我自己的词做练习。这种练习方法的好处是，因为有既定的旋律，填好后可以试着唱唱看，另外则是因原先已有歌词的格式，会逼迫你去符合原先的框架，在受限制的格式里创作，这才能真正测出你的歌词文字水平，因为先有歌词其实比较容易写，也相对好发挥，没有任何音乐形式束缚你。如果对歌词创作有兴趣，我建议去找一个会谱曲的朋友合作，这样作品的能见度及被采用的概率会高很多，因为是词曲完整的作品，这类作品参赛的空间与投稿范围相对更大，很多词曲创作大赛、唱片公司与艺人的收歌，会比较欢迎这类完整的词曲音乐创作，而且可以参与的音乐赛事也就更多。像之前北京故宫博物院与腾讯就合办了一个为古画创作音乐的赛事，我受邀为这项活动创作示范歌词，画是《千里江山图》，而我写的歌叫《丹青千里》，这首《丹青千里》的作曲人是张亚东老师，由易烊千玺演唱，我透过歌词文字将距今近一千年的那幅波澜壮阔的《千里江山图》幻化成江南水乡的《丹青千里》，在此分享一段：

> 谁溯溪　观峭壁　只为了　最美的绿
> 景疏密　巧布局　引天地　入画里
> 丹青　是谁年少壮阔落笔
> 山水青绿岁月只镌刻传奇
> 史册留名落款处他却未提笔
> 待青史给消息

以歌词的形式去竞争就会比较辛苦，大约二十年前我投稿了一百份歌词作品到台湾各大唱片公司、制作人和歌手手上，铺天盖地地毛遂自荐，但最终只有一家唱片公司通知我去洽谈，所以，单单投稿歌词被采用的概率很低，只有百分之一的机会啊。

另外，如果你纯粹是先填写歌词，在这里我给大家的建议是，最佳的创作形式是词曲合一的完整音乐作品，也就是说，你最好有个固定的会作曲的音乐伙伴。有时候你可以先有

词，因为有些作曲人会需要词的画面感和故事给他作曲的想象
空间，这时候你的歌词格式就很重要，需要能入乐。基本上比
较主流的流行音乐的格式就是 A1 A2 B1 B2，然后 A1 A2 的字
数几乎是一样的，除了 A2 在唱副歌的时候会拉高几个音或转
几个调，因此会多几个字或少几个字外，基本上 A1 A2 的行数
字句是一致的，当然副歌也是，要让人家好入乐、好谱曲，所
以歌词文字的对仗、格式以及韵脚都需要兼顾，这样，你谱曲
的朋友就比较好直接入乐了。当然，一般而言正式谱曲时，还
是会修改几个字、几个音，因为和弦的走向、音符的使用以及
旋律的流畅度，可能没办法百分之百完全符合你先行创作的格
式，但基本上如果你的格式是对的，谱起曲来也会比较少修
改。其实你摸索久了，看的歌词作品多了，自然能归纳出几种
常见的填词格式，当然在进入词曲创作这行前，我也是如此训
练自己的。

天青色等烟雨

你的泪光柔弱中带伤
惨白的月弯弯　勾住过往
夜太漫长凝结成了霜
是谁在阁楼上冰冷的绝望

雨轻轻弹朱红色的窗
我一生在纸上被风吹乱
梦在远方化成一缕香
随风飘散你的模样

菊花残满地伤
你的笑容已泛黄
花落人断肠
我心事静静躺
北风乱夜未央
你的影子剪不断
徒留我孤单在湖面成双

花已向晚飘落了灿烂
凋谢的世道上命运不堪
愁莫渡江秋心拆两半
怕你上不了岸一辈子摇晃

谁的江山马蹄声狂乱
我一身的戎装呼啸沧桑
天微微亮你轻声地叹
一夜惆怅如此委婉

菊花台

收录于《依然范特西》

作于 2006 年

曲／周杰伦

菊花残满地伤

你的笑容已泛黄

花落人断肠

我心事静静躺

北风乱夜未央

你的影子剪不断

徒留我孤单在湖面成双

菊花残满地伤

你的笑容已泛黄

花落人断肠

我心事静静躺

北风乱夜未央

你的影子剪不断

徒留我孤单在湖面成双

　　《菊花台》由钟兴民老师编曲，吉他是蔡科俊所弹，录制的弦乐团是北京中国爱乐乐团，这首歌编得很高级，弦乐编写更是出彩，堪称周同学的经典之作。这是首五声调式的创作，五声音阶是中国古代的音乐旋律主架构，一般而言，偏哀伤的曲式，可用小调，而一些比较明朗欢乐的曲式，通常为大调。为何话题说到这里呢？这是因为，很多人都觉得五声音阶就是小调歌曲，但其实并不能这样简单理解，五声音阶并非小调歌曲，它只是拥有小调歌曲的曲式特征，这里所谓的小调，指的是西洋小调。这首歌里的古筝很对味，很中国风，可以说，古筝就是专为五声调式所发明的乐器，但古筝的音域范围并非只能弹五声调式。这首歌的结尾处有葫芦丝，静静地聆听，又仿佛是笙的声音，周同学在这首歌里的演唱，相较于以往唱腔有所改变，变得比较内敛，但高音之处依然元气十足飙得很高。

下面跟大家分享一下当初在创作《菊花台》时的灵感来源。首先"惨白的月弯弯，勾住过往"的"月弯弯"得自那首南宋以来流行于江苏省一带的地方民歌"月儿弯弯照九州，几家欢乐几家愁"。再来是"梦在远方化成一缕香"的"一缕香"出自《红楼梦》的"软衬三春草，柔拖一缕香"，是宝玉题大观园的时候所写的。还有"花已向晚飘落了灿烂"的"向晚"来自李商隐的那句"向晚意不适，驱车登古原。"以上的创作来源，就是读过了某些诗句，印象深刻，创作歌词的时候，就用到某些词句。最后有创作具体来源的还有"北风乱夜未央"里面的"夜未央"，取材自1959年鹿桥所出版的小说《未央歌》，"央"的含义除了中央跟央求之外，还有终止、完结，所以未央就是未到一半的意思，夜未央也可以说是夜晚将尽未尽时。另外，《未央歌》就是还没有唱到一半的歌，指的就是故事还没结束。《未央歌》这本书描述的是抗战时期，来自各地的大学生被疏散到大后方，在那所临时成立的云南昆明西南联合大学里所发生的故事，这本书受到台湾二十世纪六七十年代的文青学子喜爱。

介绍完歌词段落里的一些关键词后，特别跟大家再分享两段歌词，这两段可以说"很有戏"，当初创作完成时，连我自己都觉得如此的词意意境可遇不可求。

一段是"你的影子剪不断，徒留我孤单在湖面成双"，记得有次在学校做讲座，有同学问道："既然已经是孤单一个人，又怎么会成双呢？是笔误吗？这个歌词的逻辑不对。"我当下就解释说："正因为一个人，所以只能与自己的倒影成双，更能凸显出孤单之意，也更添悲伤。"

另一段是"愁莫渡江，秋心拆两半，怕你上不了岸，一辈子摇晃"，这句歌词我以拆字的手法，去铺陈歌词的含义。因为"愁"字拆开来看，便是秋与心，所以我将"愁"字比作一个人，他渡过了不该渡过的河，招惹了不该招惹的红尘，于是上不了人生的岸，无法了断尘缘，反而落得一辈子摇晃动荡，不得安宁的结局。

聊完歌词，接下来我们谈谈歌名的由来，其实真有一处菊花台，它就位于南京雨花台区旁的一座小山丘上，现在小山丘上有九位爱国志士的烈士墓。此处古地名为"新亭"，为军事要地，相传乾隆南巡偶然来到此地时，适逢山丘上整片菊花盛开，故特地将其命名为"菊花台"，菊花台与知名的雨花台遥遥相望。但我是多年后偶然才从网络资料上得知南京城郊外有这么一个菊花台的，当时取这个名字是为了配合电影的内容，因创作歌词时，便已知这首歌将是张艺谋导演的电影《满城尽带黄金甲》的主题曲。这首《菊花台》作为《满城尽带黄金甲》的片尾曲，当年得到第二十六届香港电影金像奖最佳原创电影歌曲奖，入围第十八届台湾金曲奖最佳作词人奖，还有 2006 年中华音乐人交流协会年度十大优良单曲等音乐奖项。电影上映时，很多朋友跟我说，因为《菊花台》这首歌在片尾时才播放，虽然剧情已放映完毕，但是很多观众坐着没走，想完整听完《菊花台》，想想还蛮感动的。顺带一提的是，这部电影的片名并非一开始就叫《满城尽带黄金甲》，据说一开始叫《秋天的回忆》，后又改《重阳》，再改《菊花杀》。我觉得《菊花杀》这个片名还蛮酷的，但最终的片名是《满城尽带黄金甲》，这个片名取自唐朝末年农民军首领黄巢的一首诗《不第后赋菊》，原诗为："待到秋来九月八，我花开后百花杀。冲天香阵透长安，满城尽带黄金甲。"

《菊花台》的歌词就如同在月色如水的夜里，娓娓道来一段为时已晚的感叹，表达一种恍若隔世的惆怅。对于描写古代题材的新诗或歌词，我总信手拈来，下笔成文，自己也说不上来为何对一个已经消失的时空如此憧憬与向往。或许我前世便是长安城中落第的秀才，因功名无望，又身无盘缠，无力也无脸返乡，只得暂且在京城落脚。白天委身街肆，为人提匾书画、舞文弄墨；甚或摆摊拆字、相面卜卦为生。夜则挂单古刹，权充香客。可谓百无一用是书生，也只能虚应岁月，耐心等待来年再取功名。

堪值玩味的是，我偏偏是一个不相信有前世今生、不相信有轮回这一回事的人，但在感性的诗词文章上，我却常常以此为题材，作为抒发情绪的对象。或许是对现今都市景观杂乱无

章的不满，于是我赋予一个已经消失的时空关于那个年代的美
学想象——在一望无际的翠绿田野间，阡陌纵横宛如绿色的棋
盘，我与时空论战这场前世今生的真伪与浪漫。我被蜿蜒的山
林所缠绕，并且在湖光山色温柔的拥抱下，早已仓皇弃械投
降。此刻，湖边向晚的渔火正伴随着夕阳，在水面上，粼波倒
映出一盏盏摇晃的身世，远方山下，错落着白墙黑瓦的小村
庄正炊烟袅袅，一幅在岁月中定格的泼墨山水画跃然于眼前：
"花已向晚，飘落了灿烂，凋谢的世道上，命运不堪，愁莫渡
江，秋心拆两半，怕你上不了岸，一辈子摇晃。"

歌名中的"菊"与梅、兰、竹合称"花中四君子"。梅，清
丽淡雅，具备抗寒之特性，可谓一身傲骨；兰，幽香色淡，被视
为谦谦君子；竹，刚直谦逊，常被当成高雅之士的象征；菊，脱
俗绝美，不与群芳争艳，具有与世无争之高尚人格。四君子也代
表着四季——春兰、夏竹、秋菊、冬梅，它们除了频繁地出现在
中国古代诗词的意象里，也常被画入花鸟山水画中，可以说，花
中四君子是中国文化里气节崇高的象征。除了"无肉令人瘦，无
竹令人俗""采菊东篱下，悠然见南山""不经一番寒彻骨，怎得
梅花扑鼻香"等诗句，还有蕙心兰质、空谷幽兰、义结金兰等成
语，也常被我们现代人所引用，可以说，花中四君子，是中华文
化里独有的文化含义，是东方文化中特有的植物情感联结。

接下来，我们就来聊聊两首与菊和竹有关的诗句，首先是

五柳先生陶渊明的《饮酒·其五》，陶渊明写《饮酒》的组诗总共有二十首，这首是其中的第五首：

结庐在人境，而无车马喧。
问君何能尔？心远地自偏。
采菊东篱下，悠然见南山。
山气日夕佳，飞鸟相与还。
此中有真意，欲辨已忘言。

这首诗我个人的理解如下：

我就居住在众人聚居的俗世中，却没有人情世故无谓的应酬与车马的喧嚣之声。若问我在此环境中怎么还能如此一派潇洒，那是因为我自己的心灵，若能远离名利追逐与人世的繁杂，此时的心境便自然而然地远离尘俗而沉静了。此时独自在屋旁东边的篱笆处，随意地采摘菊花，偶然间抬头看见远方南山的绝妙胜景，颇为自得其乐。黄昏时分，山景优美，在暮色与云雾缭绕间，倦鸟成群地飞翔，像在结伴往林间归巢般。若说这般景致透露出什么人生哲理，我心里虽然明白，却一时无法以言语表达。

再来是苏轼的《于潜僧绿筠轩》：

可使食无肉，不可使居无竹。

无肉令人瘦，无竹令人俗。

人瘦尚可肥，士俗不可医。

旁人笑此言，似高还似痴。

若对此君仍大嚼，世间那有扬州鹤。

这首诗我个人的理解是：

如果有选择，我宁愿用餐时没有美味的肉类菜肴，但是居住的环境里却万万不可不栽种竹子；虽然食物里没有肥美的肉类会让人的身体消瘦，但是若居住的地方没有了竹子，却是我无法忍受的事，若没有了象征君子气节的竹子，会令人庸俗不堪。这道理很浅显易懂，因为人消瘦了，还可以吃肉类美食补充营养，从而达到增肥的效果，可是人一旦变得俗气市侩了，对我而言，那是无药可医的绝症啊！唉，对我的坚持与理念不懂的人，在旁笑着问：你这话说得到底是自命清高，还是根本就头脑愚笨、痴言痴语。对于这种人，我想说的是：没有人能够一边面对脱俗高雅的竹子，一边在旁大口吃肉大碗饮酒，天底下没有这种鱼和熊掌兼得的好事。这就像扬州鹤的那个典故一样，什么都想要，问题是，这世间哪儿来的扬州鹤啊？

说到这里，可能有人好奇"扬州鹤"的典故由来，我也说说这个故事。此典故语出南朝（梁）殷芸《小说》，有四个好朋友有天聚在一起，各自抒发自己未来的志向。其中有一个人说他想求取功名当上扬州刺史，另一个人说他想拥有万贯家财享受荣华富贵，第三个人则淡泊名利，只求能骑上仙鹤、云游四海。最后一个许愿说志向的人，竟然将前三个人的志向、欲望合而为一，说他想腰缠万贯，然后骑仙鹤去扬州当刺史。所以后世就将欲望过多，贪婪成性的人，或者想事事如意的人通通比喻为扬州鹤。

刚刚我们讲的是花中四君子，其实君子之称谓在周朝以前，本意是君王之子，当时周天子分封有血缘关系的诸侯，建立所属邦国，那些被分封的诸侯被称为国君，国君的儿子，当然就称之为君之子，即君子。这些"王二代"，因家境优渥，普遍来说都受到了良好的教育，所以后世就将道德水平与品格修养高的人统称为君子。到了春秋时期，君子的称呼扩及贵族，一直到孔子的出现，他认为，君子之认定不该是世袭，也不该是职业，更不能因为家世背景，凡是道德高尚富有礼义之人，就具备了成为君子的条件，这是儒家思想里一个极其重要的身份概念，任何人都可借由自身的修为与学识而成为"君子"。这也就有了"君子有所为，有所不为""君子爱财，取之有道""君子喻于义，小人喻于利"这些名句，还有"君子有成人之美""君子之交淡如水"等。

走笔至此，顺便跟大家分享近期的工作状态，前些时候因参与"丝绸之路（敦煌）国际文化博览会"晚会"绝色敦煌之夜"的工作，我去了两趟敦煌，对于文化这个概念感受特别深。文化，就是一个民族的社会共同价值观，或者我们一言以蔽之，所谓文化，就是会在翻译中流失的东西。如敦煌壁画里的飞天之美，该如何翻译？形象美、色调美，或许好描绘与形容，但是那份深入民族内心的哲学美、信仰美，又该用什么词语，怎么翻译才不失真？我们只能说，壁画里的飞天，在敦煌石窟艺术里，其形象之鲜明，地位之崇高，犹如古代氏族的图腾般，无可替代。

敦煌，一个光听名字就具有历史感的地方，所谓落笔阳关，横着写敦煌，遥想千年前的壮阔波澜！因地理位置位于西北各民族交会之地，河西走廊古来即为众民族间交战的战场。除了军事战略上为兵家必争之地外，敦煌更有着享誉中外的千年佛教石窟艺术。1900 年在十七号洞窟（俗称藏经洞）里发现了五万卷敦煌遗书，也就是敦煌文献，这更增添了敦煌的传奇与辉煌。1987 年，莫高窟毫无争议地被列为世界文化遗产。我参观莫高窟后的感触是，有些历史场景需要岁月的积累与文化的酝酿，我们何其有幸，莫高窟的开凿造像，从四世纪的前秦到十四世纪的元朝，历千年而不中断。祖辈世代传承下来的文化宝藏，虽说斑驳的石墙凹陷了纹理，龟裂的壁画脱落了丹青，但石窟本身的老旧风化，就像人的皮肤会自然衰老、头发会斑白一样，因为斑驳，而显得有生命，因为龟裂，而显得有表情。这里的石窟建筑历经风吹雨打，见证过莫高窟的历史演变，已然是一座有生命有表情，而且有故事可以说的艺术生命体。

　　敦煌石窟承载着前人冀望来世平安与追求今生宁静的期盼，在梵音声中，一代又一代人雕琢与绘画着他们对佛的礼赞！在这些壁画里，有一幅诠释佛教中施恩行善得好报，忘恩为恶遭严惩的《鹿王本生》故事画，历经千年后，依旧吸引着我的目光，因为这是莫高窟唯一以动物为主角的壁画。九色鹿构图奇秀、神韵天成，堪称北魏时期佛教美学的壁画代表作，阐述的是佛祖悲愿与戒律的故事。

　　古道隐没，故事走过，梦回鸣沙山之丘……鸣沙山与月牙泉同为敦煌八景之一，山以灵而故鸣，水以神而益秀，说的便是这两处美景。虽说敦煌名胜古迹众多，自然景观多元丰富，但世人的目光仍聚焦于有千佛洞之称的莫高窟，这里拥有壁画四万五千平方米、泥质塑像两千余尊，为现今规模最庞大且最丰富的佛教艺术圣殿。再加上百年前所发现的约五万卷敦煌文献与佛经，其文化含金量足够撑起一门国际学术显学——敦煌学。

　　莫高窟的壁画为五代以前的画作提供实物，还有五座唐宋木构崖檐留存，以及九十六窟高耸的北大像，此北大像外部为唐代的木构，经过历代重建，现今为"九层楼"，因为唐代初建时，并非九层楼，这些壁画塑像、木构崖檐所营造出来的历史空间感，是我们共同记忆里最重要的情感依据。共同记忆是一种对土地与社会的认同感，城市有自己的过往，还有自己的故事想要讲，真实的环境空间能联结某个朝代，让人置身其中，透过感性想象，还原某段已经消失的历史时空。如果说，建筑是城市的名片，传统建筑是城市的文化名片，那么莫高窟则是凝固的民族历史、具象的城市记忆！

这记忆是有颜色的，莫高窟壁画早期多以土红为底，另外还有青绿、土黄、褐黑，但土红是应用最多、最早、最普及的一种颜料，每个时期的壁画与彩塑都大量使用了土红。在中国传统文化中，五行中的火，对应色就是红；四象之一的朱雀，代表色也是红；汉朝的礼服与旌旗都为赤色。在长达千年的凿窟造像、礼佛捻香、供养石窟壁画的岁月中，这种土红色曾经历大漠苍茫，也领略过沙场征战。在古往今来的历史中悲壮，在历尽风霜后意味深长，而繁华退尽的敦煌，在此刻，适时地给予了这红色一股归属感。

这里与大家分享王维的《渭城曲》：

渭城朝雨浥轻尘，客舍青青柳色新。
劝君更尽一杯酒，西出阳关无故人。

可以说，阳关因此诗而留名千古。其实，真正能够穿梭千年的，也只有文字，借由文字我们还原了历史的瞬间，想象力驰骋到了诗句中描述的那一天，于是历史经由文字、透过诗词，被人传颂吟唱，被赋予美好的想象、殷切的期盼以及永生永世的浪漫。

大唐、长安、敦煌，这些名词我们耳熟能详，甚至可以霸气地改称盛唐、帝都长安、佛国敦煌！而一千多年后，大唐早已在历史舞台上退场，长安改称西安，那千年前的城郭模样，也只能从影视剧中去想象……敦煌却因为有莫高窟，让我们拥有了一把开启现在与过去的时空钥匙。

我个人已为敦煌创作过五首歌，丁菲飞的《敦煌》，雷佳的《敦煌谣》，霍尊的《九色鹿》，刀郎的《大敦煌》和韩红的《遇见飞天》。

菊花台·散文版

在你压抑哽咽声中，谁都能听出来带着一丝柔弱无助的伤。窗外颜色惨白凄冷的月光，勾起我那段不堪回首的旧日时光。夜为何总如此漫长，让这等待的地方都慢慢布满了霜。此时此刻，又是谁独自在阁楼里，一个人不胜唏嘘地感叹！

门外的雨轻轻地拍打在漆成朱红色的窗棂上，想我这一生的际遇，就像写在纸上的文章，屡屡被风随意翻页打乱。曾经寄托过的梦想，总在遥不可及的地方化身为一缕无法捉摸的熏香。最后，所有的过往，跟你那楚楚动人的模样，也只能随着风远远地飘散。

象征着哀悼怀念的菊花，已经随岁月的逝去而残破散落满地，就好像是我俯拾皆是的悲伤。而你惹人怜爱的微笑模样，也在我的记忆里逐渐老去，像黑白照片一样泛黄。菊花一去不回地飘散，犹如我们无从挽回的悲伤，而我的心情已如同死去般，无声无息地平躺。

凄冷的北风狂乱地呼啸而过，漫长的夜却仍然没有要结束的意思。我对你的思念就像影子一样，而影子又到底要用什么方法才能斩断？如今剩下我一个人孤孤单单，和水中倒映出的影子配成双。

再鲜艳的花朵过了花期，等待它的就只有凋谢，就像过了黄昏就只剩下夜的黑，我的命运在飘零的人世间，像随风凋谢的花，颜色已不再灿烂。如果你心中还放不下那依依不舍的乡愁，劝你不要翻山越江避走他乡。因为愁字是秋和心两个字的结合，如果被硬生生拆散，怕再也回不去当初所想象的浪漫。从此，你的一辈子会像汪洋中的船，没有方向，摇摇晃晃，找不到可以依靠停泊的岸。

到底这是谁的江山社稷，到处烽烟四起兵荒马乱。我如同

古时的将领一般，穿戴起威风凛凛的军装，仰天长啸吐尽所有
的人世沧桑。东方已经鱼肚白，透露着晨曦的光，此刻传来你
极其隐忍轻声的感叹。纵使经过了一整夜的辗转难眠，你却连
疲惫与忧伤，都小心翼翼不敢打扰到对方。

风起雁南下　景萧萧　落黄沙
独坐沏壶茶　沏成一夜灯下
你在几里外的人家想着他
一针一线绣着花

晨霜攀黛瓦
抖落霜冷了茶
抚琴欲对话　欲问琴声初落下
弦外思念透窗花　而你却什么也不回答

琴弦断了　缘尽了　你也走了
爱恨起落　故事经过　只留下我
几番离愁　世事参透　都入酒
问你是否　心不在这　少了什么

古刹山岚绕　雾散后　北风高
禅定我寂寥　我身后　风呼啸
笛声半山腰　而你在　哪座桥
远远对他　在微笑

琴弦断了　缘已尽了　你也走了
你是过客　温柔到这　沉默了
拱桥斜坡　水岸码头　谁记得
渡江扁舟　我伤依旧
临行回头　远方谁挥手

亭外芦苇花　白茫茫
细雨轻轻打　秋风刮
将笔搁下　画不出　谁在潇洒
情愫竟短暂犹如
骚人墨客笔下的烟花

琴弦断了　缘也尽了　你也走了
爱恨起落　故事经过　只留下我
门前竹瘦　清风折柳　你要走
风不停留　何苦绕来　摇晃灯火

天涯过客

曲／周杰伦

作于 2014 年

收录于《哎呦，不错哦》

琴弦断了　缘已尽了　你也走了

你是过客　温柔到这　沉默了

轻解绳索　红尘放手　面对着

随我摆渡　离岸东流

蓦然回首　你在渡船口

琴弦断了　缘尽了　你也走了

你是过客　温柔到这　沉默了

拱桥斜坡　水岸码头　谁记得

随我摆渡　离岸东流

蓦然回首　你在渡船口

　　我自觉《天涯过客》A1 A2 的主歌写得比副歌好，很有画面感和意境，创作时我表达的故事与情境是：这个季节刮起了北风，群雁南下避冬，此时屋外的景色枯黄萧条，大地袭来北方戈壁的黄沙。独坐灯下的我正端茶轻啜着，别有一番滋味在心头，这壶茶我已经独饮沏泡了一夜。想起远在他乡的你，你是否仍旧思念着他呢？或许你正一针一线专注地绣着嫁衣，憧憬着与他的未来，而我就这样，怀着思乡愁绪独坐了一整夜。清晨时分，浅浅一层霜覆盖着屋瓦，我轻推开门，走过前院时，不经意地抖落了叶片上的霜，屋内的茶也早已冷却。我返回屋内弹起古琴，琴声透窗流泻而出，但谁又知道，我的弦外之音，是在问候你，或许你即使听到了也不会有任何的回答。

这个故事说到这里，只说了一半，因为这只是主歌部分的歌词。流行音乐的歌词信息承载有限，一首四分钟的歌曲，歌词有四百多个字，而这四百多个字还包括重复唱的部分，所以，不重复的歌词大概有三百个字，如果是剧本大纲，可能连故事都说不完整，正式的剧本光一个主要人物设定，恐怕都要五百字左右。之所以强调歌词文字的信息量，主要是想跟大家分享，一首歌是否能感动人，是否好听，在我看来 65% 是因为旋律的关系，剩下的 35% 才是歌词词意的加分，当然编曲的好坏与演唱歌手是谁也都有影响，但编曲可以改，歌手可以换，其聆听度总分的构成基本上还是以作曲为主，作词为辅。

歌词是依附着旋律而生的文字，所以非常注重韵脚。但新诗完全不需要，或者说非必要，因为一般的状况下，现代诗并不需要与音乐结合，但我以为其实也可以让诗文与韵脚结合，所以我才创作出一种诗文的写作风格，就是"素颜韵脚诗"，试图让诗文的行进间因为韵脚而脚步轻盈，因为韵脚让文字会呼吸。

中国自古以来所有的韵文不只用韵，还必须兼具平仄与对仗，但现代诗相比古典诗词而言，却是一个尴尬的存在。因为在文学分类上，诗明明就被归类为韵文，可现代诗却完全不注重也不要求用韵，当然像其他的平仄与对仗，也早就放弃了。不用韵的好处是有能力创作现代诗的人大幅增加，因为如果真正依照一种诗词的格式与限制，还要遵循着平仄、对仗以及韵脚的使用，这些框架里创作出诗词非常非常难。但缺点是因为现代诗抛弃了古典诗词用韵的创作形式，使文字与音乐的紧密连接的创作方式在这个时代早已被歌词垄断。而歌词又因搭配了旋律的关系，通俗影响力远远超越了新诗。因为情感认同与情绪联结过于大众化，所以歌词在这个时代的影响力远大于新诗。

另外，再跟大家分享一个概念：韵脚。它是组成歌词最主要的元素之一，所谓无韵不成歌，无音不成曲，韵脚能形成听觉上的记忆，这种听觉记忆使我们有能力默背下整篇歌词。可以这么说，你能默写整段歌词，不是你记忆力过人，而是因为歌的旋律才记住了歌词，听觉上的音乐节奏感让你记住视觉上静态的文字。中国的古诗词就有这种转换能力，举例来说，你离开学校多年后，对求学阶段所默背过的古诗词仍能朗朗上口，轻易地背诵出几首，但你却很难硬生生地默背出几首现代诗，那是因为现代诗没有韵脚的辅助，在默背时无法形成听觉上的规律，也就不容易背诵。像《训蒙骈句》《弟子规》《三字经》《千字文》等，基本上都有韵脚与文字段落，以协助孩童记忆与背诵。

最后我以《天涯过客》这首歌为例证，将歌词创作的三元素逐一说明。首先是歌词韵脚的使用，这首《天涯过客》总计

用了三种韵脚，使用的方式是段落通韵，意思是一整段的 A1
用一个韵脚，一整段的副歌用一种韵脚。再来是人称代词，也
就是你、我、他，还有复数的你们、我们、他们。一般来说，
主歌有时可以整段都没有人称代词，只专注经营歌词文字的画
面感，听歌的人再经由文字画面感，自行对词意故事去想象与
做情感的寄托，这时候 A1 的歌词任务是在副歌出现前，先营
造歌词故事的场景与时空。一般先在主歌勾勒出故事、画面，
副歌里再酝酿出人物、情绪，现在用实际的歌词段落来讲解所
谓的人称代词，比如：

琴弦断了　缘尽了　你也走了
爱恨起落　故事经过　只留下我
几番离愁　世事参透　都入酒
问你是否　心不在这　少了什么

这里面"你也走了""只留下我"和"问你是否"这三句
中都有你和我，但如果不放你跟我会怎样？

琴弦断了　缘尽了　岁月走了
爱恨起落　故事经过　留下落寞
几番离愁　世事参透　都入酒
问天是否　能够懂得　少了什么

　　上面这段通篇没有你、我、他，没有任何的人称代词，这会让歌词情绪因为没有角色设定而少了情感的渲染力，不容易引起共鸣。

　　晨霜攀黛瓦　抖落霜冷了茶
　　抚琴欲对话　欲问琴声初落下
　　弦外思念透窗花　而你却什么也不回答

　　上面这段最后一句中出现的你，反而是情绪的高点，刚刚的那些凄美优雅的歌词，就是为了铺陈带出这个你。如果少了最后一句的你，词意还是很凄美、优雅，却没有了情感寄托的对象。很多古风歌曲的创作新人常犯这个毛病，整首歌的意境脱俗、用字风雅、意味深长，但通篇没有一个人称代词，这会让人的情感无处宣泄，没有对象可以寄托与想象。

　　再举一个例子，《爱在西元前》里的第一句：

　　古巴比伦王颁布了汉谟拉比法典
　　刻在黑色的玄武岩　距今已经三千七百多年

　　这整段是历史叙述句，没有任何情感，但接下来人称代词的出现，拯救了这段歌词，毕竟流行音乐的歌词不是在测验文字功底，而是用来感受情感的：

你在橱窗前　凝视碑文的字眼
我却在旁静静欣赏你那张我深爱的脸

三元素的最后一个元素是情感的最大公约数，白话一点的解释就是：最多数人在生活中会遭遇到的情感状态，最适合被写成流行音乐。毕竟歌词要被传唱出来才有存在的意义，而想被大范围地传唱流通，你所创作的歌就必须取得多数人的情感认同，才有可能蔚为流行。

这首《天涯过客》发表于 2014 年，这首歌的 MV 由我执导，周同学有三首歌的 MV 是由我拍摄的，分别是《珊瑚海》《兰亭序》以及这首《天涯过客》。这首歌应该是少数以汉服为主元素的 MV，当年整个剧组拉到浙江西塘拍摄，前面提到西塘也是我们所筹办的"西塘汉服文化周"的所在地，我们已在西塘连办了六届汉服文化周的活动。西塘古镇被誉为活着的古镇，位于浙江省嘉兴市嘉善县，是首批历史文化名镇，国家 AAAAA 级景区。千年的西塘古镇，"春秋的水，唐宋的镇，明清的建筑，现代的人"，是对它最好的诠释与形容，因为这里人居的历史可远溯至春秋，而开始形成市集建立城镇则在唐宋时期，现今所遗留的建筑多建于明清，古镇的人是世代居住于此地的本地家族。

这支 MV 拍摄的场景设定虽为"西塘汉服文化周"的节庆

活动，但实际拍摄时因为周同学的档期与专辑发行时间不可能刚好在十月底十一月初，所以拍摄当天，我们号召了大概三百多位汉服同好者协助拍摄，充当临演，连同周同学本人也穿上新式汉服入镜拍摄。还记得拍摄前一天下着雨，当时很担心第二天的拍摄会被影响，所幸 MV 拍摄的当天西塘的天气瞬间转晴，帮了个大忙，这才顺利诞生出这支汉服版 MV！

片中的男一，是我与周同学共同的朋友，也就是"浪花兄弟"的邱凯伟，除了邱凯伟外，我还找来了一个弹古筝的朋友程皓如，她是古筝领域里全国拔尖创新的人才，曾获第二届 CCTV 民族器乐电视大赛古筝少年组的金奖，还有香港第二届国际古筝大赛青年专业组的金奖，她的参与也帮这支 MV 加了分。记得拍摄时，剧组所到之处人山人海，因西塘古镇本身就是热门的旅游景点，所以，周同学一出现，毫无意外地引起各方的骚动，常常在拍摄时还要劝导川流不息的游客移位以避开镜头免得入镜。所以当周同学一个人优雅忘情地对嘴演唱时，镜头外是驱赶不尽的游客在旁簇拥围观，形成颇为有趣的画面。虽然天气帮了大忙，但真没想到人群的问题却是当天的拍摄难题，因为连空拍摄影机都得躲开拥挤的人群，远离尘世喧器，才能让烟雨江南小镇的美景尽收眼底。

在天涯面前，谁都是过客，在红尘中漂泊，是为了有故事可以说——这支《天涯过客》的 MV 主要是在讲述男女主角因为汉服活动而在西塘相遇进而相恋，最终却离别的故事。严格上来说情节其实跟歌词的词意并不相符，不过这无损它的热度。MV 中邱凯伟饰演一名专职的摄影师，正在汉服节庆中穿梭，捕捉精彩画面，却意外拍到一名让他颇为心仪的女孩——她是个画家，也来到这场庆典，在现场写生画画。节庆活动继续进行，男一的镜头却开始对准女一，悄悄捕捉了许多她的画面，他没想到的是，女一也观察到了他，也在画册上素描起男一。两人邂逅在这诗情画意的江南小镇中，展开了一段仿佛缘定三生般的恋情。另外，除了官方版的 MV 外，对书法情有独钟的我，还特地邀请朋友的父亲，来自台湾的书法家陈旭冈老师将歌词以楷、隶、行、草等各式书法字形来呈现，特地制作了一款书法版 MV，可见我对这首歌的偏爱程度。这首歌有汉服版与书法版 MV，另外，西塘版的《红尘客栈》一样是非官方的特别定制版，MV 是以影像来呈现西塘古镇的风光与汉服之美。

说到汉服，顿时我就热血沸腾起来，回顾这些年在推广汉服与复兴汉服的路上，也算获得了些许的成绩。首先是首届"西塘汉服文化周"创造了一项世界纪录，就是最多人次（一千多人）同时着汉服行乡饮酒礼。还有经我们沟通建议后，在第二届"西塘汉服文化周"期间，北京故宫博物院的《紫禁城》刊物第 223 期专辟汉服专刊的深度报道。从第二届起，我们还在活动期间规划了名为朝代嘉年华的庆典游行（总计有八个朝代），这也成了每届"西塘汉服文化周"的重头戏。从第四届开始，台湾最具影响力的传统偶戏霹雳布袋戏，也加入了我们。我所执导的电影《听见下雨的声音》，其戏剧故事线之一便是汉服，将汉服元素融入电影。而且我与周同学还为"西塘汉服文化周"创作了一首《汉服青史》，以上这些努力，无非就是想透过通俗流行的影响力，营销与推广传统汉服，以增强华夏汉服与这个时代的连接，进而转化出新的汉服生命力，宣扬中华优质文化！

我们做的这些努力，也有不少正面的回馈与鼓励，"西塘汉服文化周"荣获 2017 年中国旅游总评榜的"年度最具影响力庆典活动"。2018 年，我们持续六年的汉服推广活动也获得官方认可，在中国纺织工程学会里成功申请成立了汉服与国学文化发展联盟，这可是受监督需缴年费，拥有红头文件的官方单位！

汉服，是中华几千年传统中一块不可缺少的文化拼图，代表了民族美学的气质，虽然在这个时代它曾一度被漠视，显得很孤独，推广汉服，本就不是一条平坦顺遂的路，因此才更值得我们付出。

汉服自明代灭亡后，至今已中断三百七十年以上，所以大家对这种民族服饰很陌生，曾经有媒体采访我时，误以为汉服是指汉代的传统衣服，以为还有所谓的宋服、唐服、明服。不是的，当然不是，汉服是指我汉民族三千年来的传统服饰，其特征为交领、右衽、系带、宽袍。然后，还有些不明就里的人，也会误以为汉服宽袍大袖，在平常生活中穿着不便，在工作中颇显碍事，干吗要复兴呢？这其实是因为完全不了解汉服所致，汉服是有种类区别的。

我简单介绍一下，冕服，是皇帝、诸侯、卿大夫穿的礼服，又分祭服与朝服，朝服也就是古装历史剧中大臣上朝穿的服饰；常服，就是深衣、圆领袍、襦裙；便服，就是裋褐，也就是短打，《水浒传》里的梁山好汉就是穿着短褐，上山下河，身手灵活得很！就像你不可能穿燕尾服去打工，也不可能穿西装去下田种地一样的道理。

至于大家习以为常或外国人眼中的东方传统服饰，像旗袍、长袍马褂、李小龙的功夫装、唐装，其实这些都是满民族的服饰变革，甚至连客家传统蓝衫，也有旗人服饰的特征，并不是纯汉服。复兴汉服之意义在于凝聚汉民族的文化归属感，而我对汉服的基本态度很明确，在汉服文化周的论坛上我说过四个不：一不否定，不借由复兴汉服去否定其他的民族服饰；二不排斥，不排斥让汉服也能有现代化的款式；三不攻击，社团不相互攻击；四不愤青，在复兴汉服的路上，虽然较为寂寞，但也不需愤世嫉俗。

近年来我们的汉服复兴运动，应该是有史以来，唯一一个由民间执行及推动的与传统文化相关的活动（其他还有诸如京剧、书法、武术、汉字、端午、七夕、中秋以及春节等）。这种由下而上对传统文化的推广，虽初衷可贵，但过程异常艰辛，有时还孤立无援，被人揶揄是为了标新立异，甚至被误解。若非对汉服文化发自内心的热忱与使命感，此类纯文化性质的活动，很难一年一度地举办下去。每一年的汉服文化周都多亏了这些汉服同好的支持，他们是真的出于热忱。因为他们并没有统一的组织，也没有官方的支持，都是各凭资源与能力去争取，去运作，去延续传统汉服的生命。这种对传统文化的强烈认同感，以及实际去推动与执行的文化热情，着实令人钦佩与肃然起敬，但这也是所有汉服复兴运动参与者的骄傲。

一直以来，我都有着一种小小的使命感，总觉得应该善用自己在流行音乐界工作多年所获得的一点媒体曝光度与发言权，来推广中国传统文化。其实各传统文化领域，学有专精的专家、学者大有人在，根本不缺我们去关心或参与其中，但因各大众传播媒体普遍通俗化、流行化、娱乐化，纵使他们有相关议题想说想发表，但得到媒体关注的概率小，因此，这是整个大环境的结构性问题，谁也没有能力去大规模地改进。在这瞬息万变、生活节奏快的年代，我想以通俗文化的语言推广传统文化，是最没有门槛、最贴近一般人的生活，也是能获得最大影响力的方法，我给自己的定位是"联系传统艺术与通俗文化间的桥梁"。当然，论汉字、谈书法、说汉服等，我肯定没有学者、专家来得专精，我有的只是粗浅基本的了解与满腔的热情。但跟一般流行文化的工作者（不论是幕前还是幕后的班底）相比较，我却又比他们稍懂这些传统文化，而且愿意分享或主动推广。所以，我的角色其实是最适合站在通俗的流行领域，去推广较为严谨传统的艺术文化，而我也正一直努力朝此方向进行。

番外：方文山的素颜韵脚诗

十七岁那一年

麻雀声　被折叠起来喂食夏天
蝉鸣　被搅拌涂抹在墙角有阴影的那一面
教室中　这两题关于回忆的随堂测验

你说　安静得　不像我们的从前

盛夏　咀嚼后呕吐出的残羽血骨
应该　无比鲜艳
而　阳光位移的瞬间
地上黑压压四散而飞的　喧哗
是　你我以为的初恋

有谁看见我的日记

连字的笔画都力求秀气
我在找一些　剪裁得宜的句子
以便让自己　更适合你

已经很久没有在月光下呼吸
怕夜里不断飞舞的过去
于是我不得不　将整本都锁在抽屉

除了迷恋你的广告标题
这城市　没有留下任何有关我的线索
只剩下梦　还沉沦着不愿死去

最终　梦衰老得无从起身离开
有谁看见我的日记
我需要爱上你之前的　那些回忆

诗的语言

午后的风声
怎么能被形容成一轮皎洁
花的颜色又怎么会带着淡淡的离别
所谓犹豫的空气落笔后要怎么写
最后一直到你的微笑在我面前漫山遍野
亲爱的　我这才开始对诗的语言有些了解

宿命

烟味　如铁线般死命地纠缠　黄昏
对你的熟悉被慢慢　慢慢磨成一把锋利的刀刃
我用来剖开横切面的青春　开始寻找与你相遇的年份
在最最最外围的年轮　我却看到紧紧相依的　你们
原来在这一生　我只能是你　其中一圈的认真

小小的

——

林间的溪流
束手无策向前
一路忐忑
怕一入海
就再听不到谁在唱歌

清晨的微笑斜射
故事缤纷成金黄的颜色
酷寒的严冬被对折
炙热的盛夏被对折
在这里　所有忧愁　都渺小着

守着小小的　小小的
哪里也去不了的池塘　又如何

我不需要那么辽阔的　快乐
我只要守着一方小小的　小小的
有你在的　清澈

只为

———

只为　让你在生命中有过我的记忆
只为　在灰烬前能让你看见
我　短暂而灿烂的美丽
只为吸引你　在篝火前相遇
在没有星光的漆黑夜里
我用一把火　烧掉自己

给你的信

————

手绘了　几株茉莉
我将它画在秋千上
再细心涂上渐层的粉红色
然后　让它住在云里

脱水干燥了　几朵雏菊
就夹在你也喜欢的那本花间集
哦　对了　用棉纸轻压收藏的
还有那些　你呼吸声很近的耳语

你说你喜欢　窗台那盆空气凤梨
那种　不需特别照顾的美丽
想到这儿　不免还是有一点小担心
你忘了我撒娇时像只需要被呵护的猫咪

其实
我也想写一些有意境的诗句
但这纸上满满　满满　满满都是你
我找不到空隙下笔

唉　亲爱的　我这里
真的没什么特别重要非说不可的事情
除了

想你

那一场别离
————

我心碎地将回忆　连根拔起
然后曝晒　所有关于你的消息
这瘦骨嶙峋的过去
却羸弱而顽强着不断气

那就火耕掉所有的情绪
连影子都龟裂成灰烬
再一场雨　或许可长出新的日记

哭过后　我又再度拾起笔
这崭新的稿纸上　随风有种子落地
成千上万的字　竟盘根错节成想你

原来　思念一直在旅行
一点点泪　就能瞬间入泥　蔚然成林

泼墨山水

篆刻的城　落款在　梅雨时节
青石城外　一路泥泞的山水　一笔凌空挥毫的泪
你是我泼墨画中　留白的离别
卷轴上　始终画不出　那个　谁

无题
一

官方邮戳
阴干的表情
一再僵硬地在道歉
剥落的水泥
将过去挤压成明信片
于是　邮票的锯齿边
不断在切割我曾信赖你的
那些画面
我是真的真的寄不出一张
完整的　立体的　五官清楚的　笑脸

无题

一

接下来这几行

那些过于丰腴的承诺

纵使加了盐　也无法风干

你一而再　再而三

还在持续书写自以为的浪漫

加了洋菜的光　凝结后

不再前进的时间　到底长什么模样

你一直试图在拼凑当初

我还爱你的　形状

终将涉水而过

此刻

彼此心里的距离　实在太远太宽

你继续以为　继续想象

我们的故事怎么写　接下来这几行

但亲爱的　我人已经在对岸

今后　不论在什么地方

我的梦　不归你管

匿名

第六张书签　以及跟猫相关的画面
我用透明的玻璃瓶收集　这些
只有我们才知道的　从前
口袋里的温暖　适合在心里默念
在生肖属马的那一年
在黄昏即将属于黑夜的海边
你　扎着马尾辫的侧脸
清秀得实在　太明显
那年　连续七天　匿名的花与卡片

爱

一

液体要具备隐晦艰深的　对白
水分间的逻辑　必须分开
于是　眼泪要描述成
顷刻无法以言语记录的感慨
就是不能太歌词般地　直接　写爱
我　开始涨红着脸修改
刚刚那两行自以为是诗的　告白
如果　承诺是深不可测的海
我不知怎么跟你证明　我去过悬崖

无题

———

幸福是麦芽色

荡秋千的弧线　被许可

摇晃出一条青涩　于是我们紧抓着

那段浓郁的　黏牙的　快乐

河岸边　所有微笑　都很清澈

此刻　有某种接近糖的味道　蜿蜒着

黏牙的　接近糖的到底是什么颜色

于是　所有懂了的人　都开始　哼起歌

回信

——

故事里　将你令我难堪的那一大段
想仅仅缩写成　沮丧
但用字还在斟酌　也仅仅还只是在　酝酿
最终寄出的　也仅仅只是　最后一行

这招魂仪式　已平躺在稿纸上
在等文字提供它行走的空间与接下来的想象
我安静地写一首诗　有关于绝望
但到底还要再写几行　才会提及死亡

除此之外
亲爱的　一切无恙

伊波拉

鱼鹰盘踞　在悬崖上睥睨
狮子山　赖比瑞亚　几内亚　正在缩小成岛屿
逐渐缺氧中的阿非利加洲　也还来不及换气

一群群数量庞大
拼命泅泳的新品种的鱼　在水中无法呼吸
这整片都是狩猎地　而它恣意掠食而去

夕阳下　蔚蓝色的海洋　一望无际
而乞力马扎罗礁上的雏菊　正迎风摇曳

变心

——

在确定你离开的　那一天
我打开字典　开始查什么是　厌倦
在第二百三十七页　斤字部　九画的那一面
我只查到两个字　新鲜

在诗人的眼光里

———————————

记得那天　天空飘着蒙蒙细雨
我在找根本就已经离开这里　的你
并且轻轻地想起　你哭着说要别离
他们笑着说　这三行　字句
根本就是不入流的　遣词用语
语法上　太过浅显白话毫无凝聚力
词意上　缺乏千锤百炼的文学造诣
文字上　像中学生之间的恋爱语气

在诗人的眼光里　被不屑轻蔑的唾弃
根本　根本　就瞧不起
而在诗的国度里　则注定完全要被排挤

唉　原来有些事解释起来就是　多余
他们哪里会知道　这三行　字句
是我唯一　唯一准备要带进坟墓的
记忆

告别式

就像花属于花瓶　风属于风铃
回忆　属于一封手写的信
而离开前的落幕　属于台下的安静

当故事里的结局　已经很接近
此刻的阅读就该属于暖色系　带点恬静
翻开书页的声音很软　很柔　很轻
让所有曾经　在你的心里旅行

让所有来告别的溪流　丘陵　以及森林
阖上书本后　压花成
停格的风景
再也不会　伤心

我又怎么会

他们说　我写诗的背后怎么　那么多忧伤
我颓然地把笔斜放在　稿纸上
将手中那未完的诗篇　中断

望着窗外皎洁如水的　月光
以及　夏夜里满园的茉莉馨香
开始认真　认真地想答案

是啊　人世间哪儿那么多　风霜
若不是　若不是　你转身离去的模样
让这个没有枫叶的季节看起来　都那么沧桑

我又怎么会　怎么会　想赶在短绌的青春消逝前
将关于爱情种种的　离合悲欢
一次　写完

多年后

———

蝴蝶的标本一如被仔细保存的风声
我说再怎么璀璨绚烂的缘分
也只是　那些已经呼啸而过的我们

小心翼翼的思念

春光微甜　心跳洒落在你与我平行的另一边
我用来佐茶的是　与你相关的　那天

那天那段偷来的时间　我将它折叠了好几遍
藏在抽屉里面　希望一上锁就是　永远

如蜻蜓羽翼般的思念　极小心翼翼怕被听见
连喜欢这两个字的发音　我都一直很努力在避嫌

还爱你

——

还爱你
不是付出不够多　而是　不公平
而是　你的微笑始终不透明
逐渐膨胀累积的阴影
被削尖成　一句句　无情
像箭矢般　不停不停　在伤害爱情
亲爱的

那些带着血恶狠狠射伤你的声音
其实　都先穿过我的心

宠猫日记

猫　出现在诗里
我每读一行　都极其细腻
可以检验出　你的气味刚刚路过这里

猫　一直出现在诗里
我每翻一页　都屏住呼吸
深怕惊飞了你　脚步声很轻的美丽

猫　一直都出现在诗里
我每看一篇　都小心翼翼
触摸　章节中温驯如绒毛般的字句

猫　一直都频繁出现在诗里
而我也终于　吞食掉整本诗集
不让别人　读你

离别白

一抹夕阳　轻踩着碎砖　故事沙沙作响
古镇老宅的铜绿　酒酿了门环
而我轻推开过往　却也微醺了泪光

北风掠过马头墙　在夜里吟唱
落地后　是一声声　的喟叹
而我踽踽而行的心事　字字染霜

这瘦了一宿的月光　在拱桥横躺
粼粼水面上　此刻怎么也挤不出圆满
而我也终究无从完整　那段沧桑

晨雾一言不发地造访
梨花终于哭满了　整条小巷
而我这才知道　离别白　的模样

微醺
——

感觉没什么特别重要的事情
只是那些年的回忆一直有叠影
此刻除了冰块融化
我什么都不想听

我的思绪持续地在旅行
而你却在没有列车可以抵达的森林

那就举杯吧
敬所有一去不返的风景
敬所有一笔勾销的爱情

却怎么也倾倒不出
早已牢牢扎根的伤心

痛饮江南

芦苇初芒　可大雪已发至边关
塞外马头琴瞬间无意再弹

传说中的匈奴铁骑刀带弯
战鼓如雨剽悍却只在远方撑伞

话说兵临城下誓将血洗摧残
可只有耳语辗转到了长安

漠北极寒并无垂杨
仅以书画落款喊了一声姑娘

汉军笔下的丹青竟只是兵推遥想

待我舀了整城的月光
将战帖逐一斟满
纵马掳掠后佐酒一碟蟹黄

灯下
—

灯下　读罢金庸　自觉诗兴大发

将月色洗净沥干　舀一勺丑时煮茶
一道橙黄的书法　于天地间落下
这墨色在仿禅的对话　为诗而诗　易出伪画
也罢　将残诗搁下　江湖不过杀与不杀
英雄　也不过只是几个章回　的潇洒

在搁笔纵马处　诗与非诗间　的寻常人家
竟也炊烟袅袅成天涯

梦
一

被折叠起来的生活
我以为应该有入口
把焦虑尽其所能地剪下
然后掉头就走

正慢格播放的挫折
慢慢揣摩出来的难过
这一整张被摊开的我
自从你走后

图书在版编目（CIP）数据

天青色等烟雨 / 方文山著 . — 长沙：湖南文艺出版社 , 2019.10（2023.5 重印）
ISBN 978-7-5404-9394-3

Ⅰ . ①天… Ⅱ . ①方… Ⅲ . ①故事—作品集—中国—当代 Ⅳ . ① I247.81

中国版本图书馆 CIP 数据核字（2019）第 172559 号

上架建议：畅销·文学

TIANQING SE DENG YANYU
天青色等烟雨

作　　者：方文山
出 版 人：陈新文
责任编辑：薛　健　刘诗哲
监　　制：毛闽峰　李　娜
策划编辑：张　璐
文案编辑：孙　鹤
营销编辑：吴　思　侯佩冬　焦亚楠　刘　珣
封面设计：介末设计
版式设计：梁秋晨
出　　版：湖南文艺出版社
　　　　　（长沙市雨花区东二环一段 508 号　邮编：410014）
网　　址：www.hnwy.net
印　　刷：三河市百盛印装有限公司
经　　销：新华书店
开　　本：875mm×1270mm　1/32
字　　数：155 千字
印　　张：8
版　　次：2019 年 10 月第 1 版
印　　次：2023 年 5 月第 2 次印刷
书　　号：ISBN 978-7-5404-9394-3
定　　价：45.80 元

若有质量问题，请致电质量监督电话：010-59096394
团购电话：010-59320018